Du vide
plein les yeux

Du même auteur
aux Éditions J'ai lu

PARIS LA NUIT
N° 9637

BALANCÉ DANS LES CORDES
N° 10152

JÉRÉMIE

GUEZ

Du vide plein les yeux

J'AI LU

— Mais qu'est-ce qu'on va faire maintenant ?
— Oh, ta gueule… J'essaye de réfléchir.

James BELLECK, *Red Clay Visions*

Aujourd'hui c'est mon anniversaire.

Assis sur un tabouret, les coudes posés sur les genoux et la tête entre les mains, j'attends que ça passe. Le joint m'a fracassé le cerveau. Du si mauvais shit qu'il faut presser le bout incandescent jusqu'à cloquer la peau de son pouce pour pouvoir l'effriter. Tout ça pour qu'il vous colle une barre au milieu du crâne, qui chasse les bonnes et les mauvaises idées, qui flingue tout sans discernement. Un putain de bout de shit de merde, baladé dans du plastique, des poches, des chaussettes et peut-être même un cul, avant d'être balancé dans la cour de promenade. Un cadeau empoisonné de la part de mon cocellulaire, Tarik. Je lui ai dit qu'aujourd'hui c'était mon anniversaire. Il me l'a souhaité. Sympa. J'ai eu de la chance de tomber sur lui. C'est mieux d'avoir un type avec qui on s'entend quand on vit dans 9 mètres carrés.

— Je vais chier, me dit-il.

Avec le briquet, je brûle une peau d'orange. Je garde les pelures dans une boîte en plastique sous mon lit pour des moments comme celui-là, pour parfumer la cellule quand elle en a besoin. Je la regarde se noircir, le feu courir sur son grain épais. Je respire à pleins poumons la fumée qui s'en échappe. Ça sent le cramé et les agrumes. Je suis salement défoncé. La probabilité qu'un mec comme moi finisse un jour en prison était proche de zéro. Sur le papier, j'étais sauvé. Mon père pensait m'avoir écarté du mauvais chemin, il faut dire qu'il avait transpiré pour ça. Il venait me chercher à chaque fois que je traînais en bas de l'immeuble, ou ailleurs, à faire le con avec les potes du quartier. À mes 18 ans, il remportait son combat. Je faisais des études. Le daron, heureux. Il l'avait gagnée son intégration, lui qui avait grandi dans un petit village sur les flancs du Djurdjura, avec de la pierre calcaire pour seul horizon – paysage lunaire sur lequel il usait, chaque matin, les semelles de ses chaussures, parcourant plusieurs kilomètres jusqu'à l'école pour indigènes. Ce petit gars né dans un coin paumé de l'Algérie, de parents analphabètes, qui avait pourtant fini français. Et médecin.

« Tu es kabyle, ne l'oublie pas. » Il m'avait répété ça toute mon enfance, s'accrochant à son histoire, tout en la reniant par moments. Je m'en suis toujours souvenu, ce qui ne m'a pas empêché de tout foutre en l'air. Toutes ces anecdotes que je n'avais plus envie d'entendre, moi qui aurais préféré qu'il me parle de ma mère, qui n'était ni kabyle ni française. Seulement pas là. On devine très vite quand son père ne sait pas s'y prendre avec le sexe opposé. Ça commence quand on grandit sans maman. Puis quand on voit quelques femmes chez soi, très rarement invitées à dîner ou à prendre un verre. Et puis qu'après on ne les revoit plus.

J'entends la chasse d'eau. Tarik tire le rideau et vient s'installer sur sa couchette. Il s'allume une clope et regarde machinalement la télé, sans le son.

Je n'ai rien à reprocher à mon père. Je ne connais personne qui en ait eu de meilleur. Il le sait. C'est sans doute pour ça qu'il a mal vécu la sentence. J'ai pris six mois, ferme. Je revois sa tête au tribunal, il était encore plus sonné que moi quand le juge a rendu son verdict. Coups et blessures. Agression préméditée. Je ne pensais pas que cet enculé porterait plainte, ni que je le frapperais et qu'il commencerait à s'étouffer avec son propre sang. Et que son père était à la tête d'un grand groupe de médias. Je n'ai rien vu venir. Après tout, la moitié d'une année, ce n'est pas grand-chose à l'échelle d'une vie.

Dire qu'il y a des gens faits pour la prison, c'est possible ? J'ai emprunté un livre à la bibliothèque. L'auteur est un ancien détenu. En tout, il a fait plus d'une dizaine d'années de placard. Il raconte que, maintenant, il n'y pense plus du tout. Il ajoute qu'il a connu des gens qui y ont passé quelques semaines, pour une connerie, un défaut de permis, une bagarre avec leur beau-frère... Et que ceux-là ne s'en sont jamais remis. J'appartiens à la deuxième catégorie. Je m'en souviendrai toute ma vie. Je le sais déjà. Je n'en veux pas à la société. Je n'en veux pas à la justice. Je m'en veux à moi, juste à moi, d'avoir été si con, d'avoir passé un type à tabac pour un peu d'argent. Je voulais jouer au dur. J'ai chaque réveil pour me rendre compte que je ne suis qu'une merde ici, et la confirmation, à chaque promenade, que je suis bel et bien au bout de la chaîne alimentaire.

Les yeux rivés sur mes pompes, j'entends crier une première fois dans le couloir. Je n'y prête pas attention, ne me rends même pas compte que ça hurle plus que d'habitude. Jusqu'à ce que Tarik s'excite.

— Oh putain, darwa ! Idir, schouf, schouf !

Je lève la tête vers le coin de la cellule où repose la télé qu'on a cantinée. Je vois les images, sans que mon cerveau puisse les interpréter. Un avion dans un gratte-ciel. Tarik monte le son et hurle :

— C'est à New York !

On ne sait même pas ce qui se passe. La rumeur se propage, rapidement, de cellule en cellule, stupides rats en cages à qui on offre un peu de divertissement. Les matons nous disent de la fermer. Ils n'auraient pas dû hausser le ton.

Ça part d'un coup. Tous les détenus s'y mettent : noirs, blancs, rouges, les croyants, les autres et tous ceux qui n'ont connu que leur père pour Dieu et les coups de ceinture en guise de châtiment.

Je fête mes 24 ans derrière les barreaux avec pour seuls cadeaux d'anniversaire le bédo le plus mauvais de ma vie et la première grande catastrophe du siècle nouveau, sans rien comprendre à ce qui arrive. Alors je hurle aussi, de toutes mes forces. Parce que ça ne changera rien. Parce que c'est juste histoire de faire quelque chose. Parce que j'aurais préféré que les avions s'écrasent ici. Pour une fois qu'il se passe un truc, je ne vais pas me priver. Happy birthday ma gueule. Qu'ils aillent tous se faire enculer.

1

Si on ne revoit plus les gens, c'est qu'on l'a décidé.

Au téléphone je n'ai pas reconnu sa voix. Il m'a annoncé qu'il avait du travail pour moi et qu'il payait bien. Je lui ai donné rendez-vous dans un grand café en face du cinéma le Rex. Je m'y suis installé en avance pour être sûr de le voir venir. Le soleil commence à taper. Trop fort pour le mois de septembre. Un grand classique. Les Parisiens se plaignent quand il ne fait pas beau et, dès qu'il fait chaud, ils râlent aussi, expliquant que leur ville n'est pas faite pour de telles températures.

Je le vois arriver, prie pour que ce connard ne soit pas mon rendez-vous... en vain. L'homme s'assied en face de moi et jette un rapide coup d'œil à mes cheveux. Cet enfoiré remarque que je n'en ai plus beaucoup. J'ai commencé à les perdre en prison et aujourd'hui je leur mets un coup de peigne tous les matins pour les rabattre sur le haut de mon front. Bientôt, ça ne servira plus à rien. Je vais finir comme mon père, chauve à 35 balais.

Dernier coup de tampon qui certifiera mon appartenance à la famille.

Il me sourit, comme s'il savait tout ça.

— T'as pas changé, Idir !

J'ai déjà envie de me barrer. Il a la même tête qu'à l'époque, la même tête d'éternel adolescent qui refuse de vieillir. Une moustache clairsemée pour seule barbe, des yeux bleus et des cheveux blond filasse, ramenés en arrière. Depuis le temps, je l'ai vu plusieurs fois agiter sa longue et maigre carcasse sur les plateaux télés, parlant de l'actualité comme un représentant en électroménager vendrait un aspirateur sans sac. Oscar Crumley. Je l'ai connu il y a une dizaine d'années. Mère française, ancien mannequin ou un truc du genre. Père anglais et francophile, qui après une brillante carrière sur son île était venu ici et s'était retrouvé à la tête d'un groupe de presse. Oscar était le connard parfait. Le genre de type plutôt pas con qui tient un discours d'indigné, bourré au champagne, les narines poudrées, dans une soirée dans un 300 mètres carrés avec vue sur les jardins du Luxembourg. À l'époque, il affichait le train de vie d'un chef d'État étranger et baisait des filles que je rêvais d'avoir, une heure seulement, dans mon lit. S'il y a des gens qui méritent un coup de tête à chaque fois qu'ils ouvrent la bouche, alors il en fait partie. À coup sûr.

Aujourd'hui, son père se chie dessus dans une clinique 3 étoiles et attend doucement l'heure de sa mort. Oscar, lui, a repris les rênes de l'empire. Le type dont j'étais autrefois jaloux est devenu « le nouveau nabab de la presse française ». Fils de pute, j'ai mangé la gamelle pendant six mois à cause de toi.

— Tu t'es fait refaire le nez, non ?

Il n'avait pas eu vraiment le choix, je l'avais presque défiguré. Il me sourit, pas rancunier.

— Tu me l'avais cassé en trois endroits...

— Je débutais à l'époque... J'étais trop nerveux.

À l'époque, mon entrée dans le monde étudiant avait ressemblé à un parachutage dans un monde inconnu, aussi violent que feutré. À la différence de mes camarades de promotion, j'avais besoin d'argent. Certes, j'avais le toit paternel au-dessus de ma tête et de quoi manger à ma faim. Mais je voulais des billets, juste des billets à brûler... Parce qu'une bouteille dans une boîte des Champs-Élysées n'est pas une canette de 8.6 achetée chez l'épicier du boulevard. Parce que baiser coûtait de l'argent, en champagne, en restaus, en week-ends en Italie... J'étais très fainéant, je le suis toujours d'ailleurs. J'avais accepté de casser la gueule à Crumley pour avoir le droit à ça. Ça m'avait mené en prison. Une peine ridicule mais suffisante pour foutre ma vie de dépressif en l'air.

Le serveur arrive. Oscar commande un café et me demande si je veux boire quelque chose.

— Non merci.

Le serveur fait demi-tour, pas très heureux d'apprendre que je ne consommerai pas.

— J'aimerais qu'on règle ça vite. Qui t'a donné mon numéro ?

— Morel.

À ma sortie de prison je ne savais pas quoi faire, alors j'ai continué à exploiter mon réseau. Les riches ont l'habitude de régler leurs problèmes de manière très policée. Bien sûr, en cas de coup dur, ils peuvent faire appel à de vrais voyous. Ça les regarde. Mais en général, ils ont peur que les types qu'ils emploient les fassent chanter une fois le travail fini, qu'ils ne comprennent pas le sens du mot discrétion ou qu'ils aient la main trop lourde. Si Morel avait payé des mecs de cité pour le petit con qui harcelait sa fille à la fac, ils l'auraient peut-être battu à mort et ça aurait été le début des emmerdes. Moi, je m'étais contenté de lui mettre quelques claques dans le hall de l'immeuble haussmannien où habitaient ses parents. Ça avait réglé le problème.

J'offre à ces gens-là une solution de facilité, je comprends leurs besoins, je parle leur langue et leur garantis que les choses n'iront pas trop loin. Je fixe aussi des limites : j'ai déjà refusé plusieurs contrats de meurtre. Moi, je fais un boulot simple. Je suis des femmes et parfois des maîtresses pour des hommes soupçonneux. Je surveille des gosses pour des parents inquiets. À la rigueur, je menace certaines personnes à l'occasion, mais basta. Je ne suis pas un voyou et je n'en serai jamais un. Tout est une question d'échelle. Pour la rue, je suis une grosse baltringue mais pour ces gens-là je suis le putain de grand méchant loup. Je règne sur une niche commerciale et jusqu'ici je suis sans concurrent, personne n'ayant eu la mauvaise idée de se positionner sur le même créneau que moi pour venir gratter quelques milliers d'euros par an.

— Pourquoi ce rendez-vous ?

Je me doute qu'il n'est pas seulement venu pour prendre de mes nouvelles.

— Je te l'ai dit, j'ai du travail pour toi…

— Tu penses vraiment que je vais l'accepter ? Je ne sais pas si tu te souviens mais tu m'as envoyé en prison.

— Justement, je m'en veux un peu. J'étais jeune, mon père m'a mis la pression pour que je porte plainte…

Je l'arrête avant qu'il me fasse chialer. Je voudrais l'envoyer chier, lui dire d'aller se faire enculer même. J'aimerais pouvoir le démolir une deuxième fois, juste pour rire, parce que j'en ai envie et que je peux le faire. Mais je m'abstiens. J'ai pas de couilles et un besoin urgent d'oseille.

— Je prends 200 euros par jour, sans les frais.

J'ai lâché le prix un peu au hasard. Il me paraît élevé.

— Très bien.

Je suis con. J'aurais dû demander plus.

— Je t'écoute.

Il sort de sa sacoche une chemise en carton avec deux élastiques pour la fermer.

— J'aimerais que tu retrouves mon frère… Enfin, mon demi-frère. Il s'appelle Thibaut. Il n'a pas donné de nouvelles depuis deux mois. Personne ne sait où il est. Tiens, tout est là-dedans.

Il fait glisser la chemise jusqu'à moi.

— C'est le fils de ton père ?

— Oui. À la mort de ma mère, il s'est remarié.

L'espace d'une seconde, un spasme vient crisper l'expression de son visage, comme s'il cherchait à avaler un gros cachet sans eau. On dirait qu'évoquer cet épisode du passé ne lui fait pas très plaisir. Comme s'il revoyait sa belle-mère, à peine plus âgée que lui, passer une main mutine dans les cheveux de son père au petit-déjeuner.

— Il est au courant ? Qu'il a disparu, je veux dire ?

— Tu sais, mon père est très malade. Le moindre choc l'achèverait. C'est ma belle-mère qui est venue me voir. Je lui ai dit que je m'occuperais de tout.

— La police ?

— Il est majeur. Il a 22 ans, ils disent qu'il va revenir.

Je me dis que les temps ont changé. À l'époque, la famille Crumley pouvait faire changer tout le monde d'avis. Même un juge.

— Études ?

— Les mêmes études que nous.

— Il va faire du business, comme son grand frère ?

Il sourit :

— Je travaille dans les médias…

— C'est bien ce que je dis. Je peux voir sa mère ?

— Non, je ne préfère pas. Ça ne servirait à rien, à part compliquer la situation.

— Le client est roi…

Un brin de nervosité vient agiter sa paupière gauche, l'espace d'une seconde. Il retire son portefeuille de sa veste, l'ouvre et en sort quatre billets de 500 euros qu'il déplie sur la table.

— Appelle-moi dans dix jours.

— T'as pas plus gros comme billets ? Je ne vis pas dans le XVIe, moi, merde, comment je fais pour payer avec ça dans mon quartier ? Les gens vont croire que c'est des faux…

Il m'envoie une petite moue qui sous-entend que je suis toujours aussi con et s'éloigne, me laissant seul à la table.

Le serveur apporte le café. Je pose une pièce de 2 euros sur la table et laisse le kahwa refroidir dans sa tasse en pensant que ce connard vient d'augmenter ses frais.

Je suis quand même content d'avoir de l'argent en poche. Ça me permet d'aller faire des courses et de pouvoir penser à un autre plat que des pâtes au thon. Je sous-loue un petit appartement, dans une rue qui donne sur la place Pigalle. Ce n'est pas si loin du café où j'ai donné rendez-vous à Oscar. Aussi, un sac plastique de provisions dans chaque main, j'ai décidé de rentrer à pied. J'ai un point de côté pendant la montée vers Saint-Georges. Je me dis que c'est moche ; moi qui ne fume pas et qui bois à peine. Comme je n'ai pas d'ascenseur et que j'habite au cinquième, je suis au bord de l'asphyxie quand, enfin, je claque ma porte d'entrée et m'affale sur mon petit canapé en faux cuir.

J'ouvre la pochette qu'Oscar m'a donnée et tombe sur une photo. Un portrait de Thibaut. Sûrement l'agrandissement d'une photo prise en soirée. Il porte une barbe de trois jours, des lunettes à monture d'écaille et regarde l'objectif le plus sérieusement du monde, comme s'il posait pour un magazine de mode. Il ressemble à la moitié des jeunes de cette ville.

Je vide le reste de la pochette sur la table basse. Il y a ses bulletins scolaires. Je les parcours rapidement et en conclus qu'il était bon élève. Un double de clés avec une adresse dans le Marais, sans doute son appartement. Il aurait pu me prévenir qu'il ne vivait plus chez ses parents, j'aurais été directement là-bas.

Je me lève, prêt à partir, quand mon portable sonne.

— Allô ?... Oui et toi... Quoi, ce soir ? Le ftour, ah oui... Bien sûr que non... je serai là à l'heure, ne t'inquiète pas.

J'ai menti. J'avais oublié et pensais casser le jeûne tout seul. Ce soir c'est la fin du ramadan et je suis convoqué par ma grand-mère pour le dîner.

Je prends le métro jusqu'à République et marche jusqu'à la rue de Bretagne, là où les cafetiers portent des tabliers comme si on était à Rungis quand le prix du mètre carré dans le quartier doit flirter avec les 10 000 euros.

Je n'ai pas le code de l'immeuble alors j'attends devant la porte, avec ma gueule basanée, qu'une petite vieille ouvre pour entrer derrière elle, en lui sortant le plus beau sourire que j'ai en magasin, histoire de l'empêcher de croire que je vais les violer, elle et son petit chien, dans le local à poubelles.

Je jette un œil aux boîtes aux lettres, vierges de l'étiquette que je recherche. Pourquoi les étudiants ne marquent jamais leur nom sur les boîtes aux lettres ? Est-ce qu'ils sont au courant que les convocations au tribunal n'arrivent pas par e-mails ? Putains d'inadaptés.

Quatre étages, deux portes sur chaque palier. Je commence par le haut, les étudiants habitent toujours les derniers étages. Je retombe sur la vieille qui tente d'ouvrir la porte de chez elle, je fais comme si je ne l'avais pas vue et essaye d'ouvrir la porte d'en face. La clé ne rentre pas. Troisième étage, la première tentative est la bonne. Je fais tourner, lentement, la clé dans la serrure et pousse la porte du pied. L'appartement est immense. Ça se sent ce genre de trucs. Vous voyez l'entrée et vous savez ; pas besoin d'être agent immobilier pour comprendre ça. Cuisine américaine ouverte sur le salon. Un long couloir, une porte à droite. Sa chambre. Rien de spécial. Un placard avec des fringues dedans. Des étagères, remplies de bouquins, au-dessus d'un bureau d'étudiant. Un lit deux places, impeccablement fait. Je regarde dessous le lit. Au milieu des moutons de poussière se trouve un dossier cartonné. Je dois m'allonger sur le sol pour le ramener à moi. À l'intérieur, une dizaine de cassettes audio, sans étiquette. Ça doit être le seul branleur de sa génération à ne pas être passé au MP3... Je me fige lorsque j'entends un bruit, répété avec la même intensité. Des gémissements. J'ouvre la porte et me repère au bruit, posant lentement mes pieds sur le sol pour ne pas me faire repérer. C'est là. Une porte, au fond du couloir. Je prends ma respiration et l'ouvre à la volée.

Seule la fille m'a vu. Elle arrête son va-et-vient et tourne la tête vers moi, ni effrayée, ni gênée, en restant perchée sur le garçon. Elle a de jolies fesses. Lui a les yeux fermés et redouble d'efforts pour compenser l'arrêt d'activité de sa partenaire. Ce n'est jamais agréable de surprendre les gens en train de faire l'amour, pourtant, avec le temps, je commence presque à m'habituer. Quand on remue la merde pour les autres, on est malheureusement confronté à ce type de scène plus souvent qu'on le voudrait.

— Qu'est-ce que vous foutez ici ?

Ma voix le sort de son extase amoureuse. Le jeune dégage la fille de son membre, sort du lit et se dirige vers moi, l'air menaçant, sa virilité encore tendue. Il a des muscles énormes, affreusement sculptés par la gonflette et sans doute par un abus de substances plus ou moins légales.

— Sortez de chez moi, ou j'appelle la police !

J'ai connu un culturiste, plus jeune. Un soir, on a fini bourrés dans une rade vers la porte de la Chapelle. Il y avait des motards qui faisaient la fête. Vu le gabarit de mon pote – il devait avoir les plus beaux triceps du XVIIIe – je pensais qu'on ne risquait rien. Je ne me souviens plus trop de ce qui a déclenché la bagarre, sans doute une mauvaise blague qu'ils n'ont pas réussi à comprendre. On s'est fait monter en l'air. Sauf que mon pote ne courait pas assez vite pour pouvoir s'enfuir. Moi, si. Tout ça pour dire que je n'aime pas beaucoup les types gonflés de protéines pas foutus de savoir mettre un coup de poing.

Je lui envoie une bonne grosse claque, paume ouverte. Il gémit.

— Pourquoi vous avez fait ça ? Vous êtes malade ou quoi ? !

Je m'avance, il positionne ses mains en avant pour se protéger.

— Je cherche Thibaut, qu'est-ce que tu fous chez lui ?

— Je suis... je suis son colocataire.

Et moi je suis de mieux en mieux renseigné. Je pensais qu'il vivait seul.

— Comment tu t'appelles ?

— Charles.

— OK. Charles, je veux juste te poser quelques questions, d'accord ? J'en ai pour deux minutes et après je vous fous la paix.

— D'accord.

— Ça fait combien de temps que Thibaut n'est pas rentré ?

— Je ne sais pas... deux mois. Peut-être trois.

— Ça ne t'inquiète pas ?

— Non, il est un peu... un peu spécial. Ça lui arrive de disparaître, une semaine ou deux, de temps en temps. Il est assez solitaire. Son père paye sa partie du loyer, donc ça va. Je peux me rhabiller ?

— Il a une petite amie ?

Le jeune ne répond pas, regarde ses pieds. C'est la fille, que j'avais oubliée, qui répond à sa place.

— Oui.

— Tu la connais ?

Elle se lève du lit et s'avance – ses seins, plein d'orgueil, pointés vers moi.

— C'est moi.

— Habille-toi, on va prendre un café. Je t'attends en bas.

Je lui tourne le dos.

— Merci de ton aide, Charles. Et un conseil : arrête les stéroïdes, ça fait rétrécir la bite.

J'attends en bas de l'immeuble. La gamine met une plombe à descendre. Normal, elle s'est maquillée.

— Comment tu t'appelles ?

— Ève.

Rien que ça.

— OK, Ève, tu connais le quartier, je te laisse choisir le café. Vu qu'on va le payer 3 euros, autant qu'il soit bon.

On s'installe à une terrasse. J'ai le temps de l'observer de près. La fille est très jolie. Brune, teint mat, grands yeux.

— Tu veux boire quoi ?

— Un crème.

Je passe la commande au serveur, qui s'éloigne.

— Et vous, vous ne prenez rien ?

— Je n'ai pas soif.

Elle hoche la tête. Je la laisse gamberger tranquille. Je ne veux pas la brusquer ; je sens que j'ai besoin d'elle.

— Vous n'êtes pas flic ?

— Non, c'est le frère de Thibaut qui m'a engagé pour le retrouver. Tu le connais ?

— Je l'ai déjà croisé. Ça veut dire que vous êtes une sorte de détective privé ?

— Non. Ça veut dire que je cherche Thibaut. T'as des trucs à me dire sur lui ?

Elle secoue la tête.

— Rien de spécial. Il est plutôt secret, comme vous l'a dit Charles.

— T'as essayé de le joindre, pour lui demander où il était.

— Oui. Mais il ne répond pas.

— Et tu t'en fous ?

— Non, mais je ne suis pas inquiète.

En repensant à la scène de tout à l'heure, ça ne m'étonne pas qu'elle ne soit pas très pressée de le revoir.

— Quel genre de rapports t'as avec lui ?

Elle me regarde, comme si j'étais le dernier des cons.

— Bah... on sort ensemble.

Blanc de quelques secondes. Elle ne semble pas comprendre. À moins qu'elle ne soit préoccupée par autre chose.

— Vous devez penser que je suis une salope ?

— Parce que tu couches avec le colocataire de ton copain qui a disparu depuis deux mois ? Non. Mais alors, pas du tout.

Je ris, malgré moi. Elle me regarde, sévère. Je n'apprendrai rien d'autre de sa part. Je fais un geste au serveur pour qu'il nous apporte l'addition, et pose un billet de 5 euros sur la table.

— Merci, me dit-elle.

— On se tient au courant, appelle-moi s'il refait surface.

Je laisse repartir la gamine, après qu'on a échangé nos numéros de téléphone, et marche en essayant de compiler toutes les informations que j'ai obtenues jusqu'ici. Personne ne paraît s'inquiéter de l'absence de Thibaut et j'en sais très peu sur lui ; il semble être un étranger pour son frère et pas beaucoup plus pour ses amis d'école.

Une fois chez moi, je suis convaincu que le gamin va finir par rentrer ; il ressurgira dès qu'il aura besoin d'oseille. Quand on a vécu dans un grand appartement dans le Marais, c'est dur de faire une croix sur le confort et de mener la vie de bohème.

Je m'allonge sur mon canapé avec la ferme intention de poursuivre ma réflexion mais je m'endors. Lorsque j'ouvre à nouveau les yeux, la nuit est tombée et je devrais déjà être chez ma grand-mère.

De ma main valide, l'autre étant occupée à tenir une boîte de pâtisseries orientales achetées à Barbès, je frappe à la porte. Ma grand-mère ouvre et me décroche un sourire jusqu'aux oreilles. Les tatouages berbères qu'elle porte sur son visage s'étirent sur sa peau ridée par le temps et une vie passée à s'occuper des siens. Traits sur les tempes, sur le menton, croix sur les pommettes, tracées à l'encre, aujourd'hui délavée. Des marques indélébiles, pour protéger sa famille du mauvais œil et pleurer son mari décédé.

— Mach'allah, tu es venu ! me dit-elle.

Elle m'embrasse. Une longue accolade puis elle desserre son étreinte.

— Entre, entre.

— Tiens, c'est pour toi.

Je lui tends les pâtisseries, elle me les prend des mains sans me remercier.

— Dépêche-toi ! Donne ton manteau… Ils sont tous là et ils t'attendent pour manger.

— Qui ça, ils ?

Elle ne me répond pas. À son silence, je comprends déjà qu'il y a au moins mon père, ce qui ne me réjouit déjà pas trop, mais aussi d'autres personnes de la famille. Et comme je ne les supporte que très moyennement, je salue l'ingéniosité de cette vieille sorcière qui ne m'a pas prévenu de leur présence.

Elle me laisse seul avancer vers le salon.

— Bonsoir.

Il y a mon père, son frère Aziz, sa femme Anne et leur fils, Dimitri. Je commence à regretter de ne pas avoir posé plus de questions au sujet de cette soirée. En même temps, à quoi je m'attendais ? Dans « dîner de famille », il y a « famille »...

Je leur fais la bise, en finissant par mon père, qui me glisse un « Comment vas-tu ? ».

— Ça va... T'es venu seul, Nadia n'est pas là ?

— Heu... Non, elle a beaucoup de travail, elle n'a pas pu se libérer.

Nadia est la compagne de mon père, depuis bientôt dix ans. Pourtant, il rechigne toujours à l'inviter, comme si les siens n'étaient pas assez bien pour une brillante avocate franco-marocaine.

— Tu la caches, hein ? je lui dis, sur un ton assez désagréable.

Je ne supporte pas les gens dans cette pièce et comme mon père vaut mieux que les autres, c'est sur lui que je me défoule pour le moment. Il ne répond pas. Je m'installe à la table, encombrée par toutes sortes de plats. Anne me fait un sourire et me demande :

— Ça fait envie, non ?

Anne fait partie de ces gens accros à l'orientalisme. Dès l'adolescence, elle savait qu'elle prendrait pour mari un type d'origine étrangère, rien que pour faire chier ses parents. Et pourtant, son fils s'appelle Dimitri... Ces gens-là ne veulent pas trop d'exotisme non plus. Ça fait longtemps que je ne digère plus ses remarques, qui semblent tirées d'une lecture assidue des guides de voyage.

En guise de réponse, je me contente de hausser les épaules, pas encore décidé à engager les hostilités. Bien sûr que ça fait envie, surtout pour ceux, comme moi, qui bossent pendant le jeûne. Je me sers un verre de citronnade que je descends d'un trait en me disant qu'après tout le dîner peut encore bien se passer. Mais elle choisit d'insister :

— Tu n'as pas faim ?

— Non, non, je n'ai pas mangé de la journée mais ça va…

Mon père me jette un regard noir.

— Je plaisante, je plaisante.

— Ça fait longtemps qu'on ne t'a pas vu… Ça s'est bien passé le ramadan ? me demande mon oncle.

— Oui, ça m'a fait beaucoup de bien, j'en avais besoin, je lui réponds, sincère.

Ma grand-mère finit d'apporter les plats sur la table et nous sert de la soupe. Les bruits de succion commencent. Je n'aurais jamais dû venir. J'essaye d'oublier tout ça et de me concentrer sur mon assiette, en leur jetant de petits regards en coin de temps en temps. La conversation peine à se lancer. Je sens que ma présence les met mal à l'aise. Je décide de ne pas surjouer mon rôle de connard, même si la journée a sérieusement affecté mes nerfs, et me lance, pour le bien de tous :

— Ça va Papa, le travail ?

— Ça va, me répond-il, en homme de peu de mots.

Mon oncle, courageux, tente une percée.

— Et toi Idir, qu'est-ce que tu fais en ce moment ?

— Je dépanne des gens, à droite à gauche, des petits boulots. Comme d'habitude, tu sais bien. Rien d'extraordinaire.

— Tu sais que ton cousin a signé avec une maison de disque ?

Je n'aime pas les gens qui posent des questions dans le seul but que vous reposiez les mêmes, sans en avoir rien à foutre de vos réponses.

— Non ? C'est vrai ?

Dimitri me fait un petit sourire timide.

— Mabrouk, ça s'est fait comment ?

Anne me raconte la success story de son fils avec des larmes dans les yeux.

Contrairement à mon père, qui assume ce qu'il est, mon oncle a toujours eu honte de ses origines et adore jouer au parfait Gaulois. Il a élevé son fils dans cet esprit. À voir ses cheveux lui tomber devant les yeux et la mine dégoûtée avec laquelle il regarde son assiette, je me dis que c'est réussi.

— Fais attention, il paraît que le milieu de la musique c'est malsain… La came, tout ça.

— Ton fils n'arrête jamais, dit mon oncle à mon père, en kabyle.

Je le reprends, en français.

— Dis-moi, tu crois pas qu'il peut me dire si mes questions lui posent problème. Hein Dimitri, tu me le dirais ?

Il rougit, marmonne un bref « oui ».

— Alors, tu vois ? Et parle en français s'il te plaît, sinon ta femme et ton fils ne comprennent pas ce que tu dis.

— T'es vraiment un petit con, me dit mon oncle.

— Tu sais tonton, si t'as un problème avec tes couilles, on peut descendre régler ça en bas…

— Ça suffit maintenant, lance mon père en se levant de table. Idir, casse-toi.

Je quitte la table, sans qu'il ait besoin de se répéter, et file à la cuisine embrasser ma grand-mère.

— Je dois y aller, je passerai demain aprèm'.

Je ne lui laisse pas le temps de répondre et me tire de l'appartement en claquant la porte, soulagé.

Chez moi, je m'endors, le dossier sur Thibaut étalé sur mon lit. J'ouvre les yeux le lendemain vers 10 heures. Une douche et je sors pour poursuivre mes recherches. Sur le boulevard de Clichy, je m'arrête devant un call center. Je n'ai pas Internet chez moi. Quand j'en ai besoin, et ça se limite au boulot, je sais où aller. Assis derrière son bureau, le patron de l'endroit, un jeune Pakistanais d'une vingtaine d'années, joue avec son téléphone portable.

— Salut Anam, ça va ?

Il lève les yeux et me sourit. Je préfère quand c'est sa femme qui est là. Elle devrait jouer à Bollywood, pas tenir un cybercafé dans lequel les types défilent pour mater du porno.

— Idir ! Ça va et toi ?

— J'ai besoin d'un poste.

— Fais comme chez toi.

D'un signe de la main, il m'invite à entrer dans la salle où sont disposés, le long du mur, quatre ordinateurs. Il n'y a personne. Je m'installe sur le dernier, ouvre une page Internet et commence mes recherches. Je tape le nom de Thibaut Crumley et tombe sur un profil Facebook ainsi que sur plusieurs articles de presse. Des photos d'Oscar et de Thibaut, bras dessus, bras dessous. Et du père, les trois en famille. « Nous sommes complices… » Les déclarations talent, les deux frères forcent leurs sourires. Je regarde les dates, l'article le plus ancien a moins d'un an. Tout ça est très récent. Rien de très intéressant, de la com' à la con. Le problème de mon métier, c'est qu'on ne me dit jamais tout. Sinon ceux qui me payent ne feraient pas appel à mes services. C'est un truc que j'ai appris. C'est comme un accord tacite. Le client s'assied en face de vous et vous raconte son problème, avec sa part de mensonges et de zones d'ombre. Ça ne sert à rien de demander des explications, on ne vous en donnera pas. Ça fait partie du deal.

J'éteins le poste et repousse la chaise sous le bureau.

— Combien je te dois ?

— T'as déjà fini ?

— Ouais.

Il se marre.

— J'ai pas de forfait à la minute. Tu ne me dois rien.

— Merci l'ami, bonne journée.

Je pars, touché par son geste. Je devrais arrêter de draguer sa femme.

Je décide de monter aux Abbesses prendre le premier café de la journée, histoire de me remettre les idées bien en place. Assis en terrasse, je sors mon portable et compose le numéro d'Ève.

— Allô ?

— Bonjour, c'est Idir. Je m'occupe de la disparition de Thibaut. Tu te souviens ?

— Oui, oui, je me souviens.

— Ça va ?

— Oui… Qu'est-ce que vous voulez ? Je vous ai déjà tout dit.

Elle n'a pas l'air ravi de me parler.

— Vous faites des soirées entre vous ?

— Bah… oui.

— Je veux dire… C'est quand la prochaine ?

— Samedi.

— Tu penses que je pourrais passer, voir les gens tout ça…

— Vous voulez interroger les gens ?

— Non, non, juste passer, discuter. On y va ensemble si tu veux ?

Elle ne semble pas vraiment partante.

— Je ne sais pas si c'est une bonne idée.

Réfléchis Idir, réfléchis !

— Et si je vous ramène des trucs ?

— Comment ça ?

Elle a très bien compris. Mais peut-être qu'elle ne consomme pas et que je me trompe sur son compte. J'ai l'impression d'être un commercial qui vient de caler sa chaussure taille 44, en similicuir, dans l'embrasure de la porte d'un modeste pavillon de banlieue. Je précise :

— Gratuit. Tout ce que t'as à faire, c'est de m'amener à la soirée, de me présenter comme un pote à toi et c'est tout. Je ne t'emmerderai pas.

— D'accord.

— Je passe te prendre à quelle heure ?

— Je sais pas… 22, 23 heures.

— T'habites où ?

— Dans le VIe, je t'enverrai mon adresse par texto.

— Super, à samedi.

Je raccroche. J'ai maintenant une fenêtre de tir avec cette soirée pour en découvrir un peu plus sur le gamin. Je n'y crois pas beaucoup mais, à ce stade, ça pourrait être pire. Au moins j'avance, ce qui a rarement été le cas depuis que je fais ça pour payer mon loyer. Il ne me reste plus qu'à me procurer de la came.

Je mets le cap sur Belleville. Pourquoi aller jusque là-bas pour trouver quand on habite si près de la Goutte-d'Or ? Parce que j'y ai mes habitudes et que ça me donne l'occasion de rendre visite à un vieil ami.

J'entre dans le troquet sur le début du boulevard, passe le bar et repère Hakim, installé à une table avec deux autres types. Il se lève pour me saluer. Je lui fais la bise, puis tends la main à ses deux collègues.

— Tu viens voir Tarik ?

— Ouais.

On ne peut pas joindre Tarik autrement qu'en passant par les types qui bossent pour lui.

— Prends un café, installe-toi, je vais l'appeler.

Sur ces mots, il sort son téléphone de sa poche. Je regagne le bar pour commander un café. J'avais eu un sale a priori sur Tarik quand on m'avait transféré dans la cellule qu'il était jusque-là le seul à occuper. L'impression de venir chasser en territoire occupé. Je n'en menais pas large et il le voyait bien. Je m'étais planté sur toute la ligne. Il s'était révélé un bon soutien. J'étais soulagé de passer six mois avec un type comme lui, plutôt taiseux, qui parlait seulement quand il sentait que j'en avais besoin. Lui était habitué à la prison, elle faisait partie intégrante de son métier. Il avait à peine

40 ans et en avait déjà passé une dizaine derrière les barreaux. Un téléphone lui permettait de communiquer avec les siens et de veiller sur son terrain, que les plus petits essayaient de lui voler. Aussi, il « bossait » la plupart de la journée et me foutait la paix.

Hakim revient vers moi pour me dire :

— Il arrive dans deux minutes.

— OK, super. Merci.

Je m'installe à une table à l'écart, ramasse *L'Équipe* et le feuillette en buvant mon café dégueulasse. La une sur le PSG. Des dizaines de millions sur un jeune joueur brésilien... J'aime toujours autant mon équipe mais je ne supporte pas qu'elle devienne tendance. D'ici quelques années, je parie qu'il n'y aura plus d'authentiques supporters parisiens vu l'inflation du prix des places. Je suis même sûr qu'ils nous feront jouer au Stade de France, dans cette enceinte de merde... Putain, on vient voir du foot, pas du 400 mètres haies.

— C'est pas vrai ! Le petit Kabyle de retour dans son quartier...

Je lève les yeux, Tarik est devant moi, tout sourire, les cheveux gominés en arrière, rasé de près. Je me lève, il me presse contre son torse musclé pour une longue accolade, me demande :

— Kahwa ?

— Non merci.

— Tu sais que c'est fini le ram'dam ? me dit-il en plaisantant.

— Je viens d'en boire un. Ça me suffit, j'ai le cœur fragile, je lui réponds en souriant.

Il prend place à mes côtés et crie, à l'attention du taulier :

— Admer, un café s'il te plaît.

— T'as l'air en forme, je lui dis.

— Merci, toi aussi mon grand. Alors qu'est-ce qui t'amène ?

— J'ai besoin de t'acheter quelque chose.

Il me regarde d'un air étonné.

— Pas pour moi ! T'es con ou quoi ?

Le serveur lui apporte son café, Tarik le boit d'un trait :

— Je ne comprends pas là…

Je m'approche de lui et parle plus bas.

— Je dois retrouver un gamin… Parents blindés, tu connais, quoi. Ses amis organisent une soirée samedi…

Il étouffe un rire.

— Arrête, c'est pas drôle putain !

— Excuse-moi, j'en reviens pas. Putain, même chez les bourges il y a des types qui disparaissent… Mais je ne comprends pas bien en quoi je peux t'être utile.

— Je veux passer incognito, jouer au mec à la cool et essayer de les faire parler, comme ça, comme si de rien…

— Tu veux te faire passer pour un leur-dea ?

Il part à nouveau dans un fou rire. Je ne le reprends pas et attends que ça passe. Il doit voir à ma gueule que je perds patience.

— Je suis désolé. Ça doit faire un mois que je ne t'ai pas vu et tu m'annonces ça…

— Tu peux m'aider ou pas ?

— Bien sûr. Il te faut quoi ?

— Bah en fait, je n'en sais rien.

— Attends Idir, elle est où la caméra là ? Tu viens me voir et tu ne sais pas…

Excédé, je hausse un peu le volume.

— C'est pas moi qui vends de la came, c'est toi !

Il secoue la tête, navré.

— Parle encore plus fort, le type au bout du bar, il ne t'a pas bien entendu.

Je reprends plus doucement.

— Tarik, je n'ai jamais touché à ça. Je ne sais pas ce qu'ils prennent les jeunes aujourd'hui. De la coke ?

— C'est des bourges ?

Je fais « oui » de la tête.

— Tu devrais ramener de la MD et quelques pilules… Je veux dire, en plus de la coke.

— C'est quoi ça ?

— Tu veux vraiment une explication ?

— Non, non, ça va. Je te fais confiance.

Je me lève et remets mon manteau. Je pose une pièce de 2 euros sur la table pour le café.

— Tu peux me faire un lot ?

— Ouais, ouais.

— Je repasse quand ?

— Je te le fais livrer chez toi, t'inquiète.

— Merci. Je passe te régler dans deux jours.

On se fait la bise.

— Pas la peine. Tu me payeras un coup. J'oublie rien, tu sais.

— Arrête un peu avec ça, putain. C'est toi qui m'as aidé là-bas. J'ai rien fait pour toi.

— T'as toujours pris de mes nouvelles, pendant que mes propres potes me faisaient bouffer des parloirs fantômes. C'est déjà pas mal.

Une fois sorti du café, je renonce à rentrer chez moi, et prends la direction du Xe pour rendre visite à ma grand-mère. Il faut bien que je me fasse pardonner. Sur le chemin, mon téléphone sonne. Je jette un coup d'œil sur l'écran, décroche.

— Thomas, je pensais à toi justement, j'allais t'appeler.

— Ah ouais ?

— Ouais. Tu ne devineras jamais qui est venu me proposer du travail...

— Dis-moi.

— Oscar.

— Qui ça ?

Il marque une pause.

— Oscar Crumley ?

— Ouais !

— Non ?

— Je te promets.

Je sais que ça lui fout les boules, que même des années après il n'a toujours pas digéré.

— Pourquoi il est venu te voir ?

J'esquisse un sourire qu'il ne peut pas voir.

— Ça reste entre lui et moi.

— Ouais, c'est ça, joue au détective privé... Rien qu'imaginer sa tête d'enculé ça me gâche la journée. Et toi tu acceptes, alors qu'il t'a envoyé en prison ?

— Tu sais, moi, j'ai un loyer à payer. Mon papa ne paye pas pour moi.

— Arrête...

Thomas est le fils d'une des plus grosses fortunes de France – un entrepreneur, qui a construit, en une petite trentaine d'années, un empire dans le bâtiment. C'était aussi mon meilleur camarade d'école. Je ne sais plus comment nous sommes devenus potes. Je pense qu'il collait à l'image du type que je rêvais d'être à l'époque. Quand j'avais oublié Belleville et que je passais ma vie à Passy, comme si j'avais quelque chose à y foutre d'autre que d'y manger les miettes. Je me souviens de la première fois où on a croisé Nathalie, sans aucun doute la fille la plus excitante de toute l'école. Je me souviens aussi de les avoir vus s'embrasser devant moi lors d'une soirée dans un hôtel particulier du VIIe. Ivre de rage, j'avais quitté les festivités, fracassant au passage un miroir. Je garde encore une courte cicatrice sur la main gauche de cet excès de violence bidon, digne d'un adolescent qui a des problèmes de virilité. Thomas et Nathalie ont commencé à sortir ensemble. Il ne savait pas qu'elle couchait aussi avec Oscar, et avec deux ou trois autres types plus ou moins régulièrement. Comme Thomas n'avait pas de couilles, il m'avait payé pour faire le sale boulot à sa place. Pas de couilles mais un cerveau – c'est sans doute plus utile. Moi j'ai eu des problèmes, lui a épousé la fille. Fin de l'histoire.

— C'est moi qui ai été en prison, je te rappelle. Bon qu'est-ce que tu voulais ?

— T'inviter à dîner.

— Quand ?

— Ce soir.

— Tu me préviens tard.

— Pourquoi ? Faut te prévenir deux semaines à l'avance maintenant ? Si t'as mieux à faire, dis-le.

Il sait mieux que moi que j'ai une vie de merde.

— Chez toi à 21 heures, ça va ?

— Parfait. À tout à l'heure... et n'apporte rien.
Ça ne risque pas, je pense en raccrochant.

J'arrive chez ma grand-mère. Je frappe à la porte en me disant que je n'ai toujours rien trouvé pour me faire pardonner.

— Ah tu es là ? me dit-elle en m'ouvrant.

— Bah oui, je t'avais promis que je passerais.

— Je croyais que tu ne viendrais pas.

Elle a l'air passablement énervé de ma conduite de la veille. On s'installe dans le salon, où passe une vieille cassette de prières arabes, sûrement achetée sur un marché au bled, volume poussé à fond sur un poste radio qui m'a vu naître et m'enterrera probablement.

— On peut couper ça deux secondes ? On s'entend plus.

Elle arrête le poste.

— Merci.

Elle me désigne un fauteuil, près de la fenêtre. Je prends place, face à elle.

— Tu me fais la gueule ? je lui demande.

— Pourquoi tu as fait ça hier ? À ton âge, tu n'as pas honte ?

Je décide de jouer franc-jeu avec elle.

— Je suis désolé... Je sais que j'ai déconné mais... Je ne sais pas ce qui m'a pris.

— Moi je sais... Si tu n'avais pas été en prison, ça ne serait pas arrivé.

Je souffle et me lève de mon siège. Décidément, j'aurais mieux fait de rester chez moi. Laisse tomber, c'est une vieille dame, je me dis.

— J'ai du boulot, je dois y aller. Ça m'a fait plaisir de te voir.

Dehors, j'ai à peine le temps de parcourir une dizaine de mètres qu'il se met à pleuvoir. Je cours jusqu'à la gare de l'Est pour m'abriter, trempé. J'adore cette journée. En ce moment je suis vraiment sur une pente ascendante. Plus rien à faire jusqu'au soir. J'aurais dû m'excuser, la fermer pour une fois, et rester chez ma grand-mère. Un taxi libre passe devant moi. Je lève la main, il s'arrête à ma hauteur, projetant une gerbe d'eau qui vient s'échouer à quelques centimètres de mes pompes. J'entre dans le véhicule.

— Rue de Bretagne, je vous indiquerai après.

Il me dépose devant chez Thibaut. Tant qu'à tuer le temps, une deuxième inspection ne sera pas de trop.

— Y a quelqu'un ?

Pas de réponse, l'appartement est vide. Tant mieux. Je refais la visite, prenant soin de fouiller la chambre de Charles en son absence. Des capotes, des cachetons, des conneries... Je ne sais pas exactement ce que je cherche mais ne trouve rien. Nulle part. Je finis par la chambre de Thibaut, pour voir si quelque chose a bougé, s'il y a une trace de son passage. Mais la pièce est dans le même état que la dernière fois. Dans le placard, je récupère un sac de sport. Je déboîte les tiroirs du bureau et les vide à l'intérieur. Je ferai le tri chez moi. Je fouille l'armoire, les poches de jeans et des vestes. Rien, sauf des tickets de métro passés à la machine. Sous le lit, le même dossier. Je repense à ma grand-mère et décide de récupérer les cassettes audio, sans trop savoir pourquoi. Lorsqu'elles s'écrasent les unes contre les autres à l'intérieur du sac, elles font un bruit ridicule. La fermeture Éclair est bloquée, je force dessus et me coince la peau du pouce. Je jure entre mes dents et frappe sur le sac de rage. Les cassettes couinent à nouveau, comme pour me dire d'aller me faire foutre.

Rentré chez moi, j'enlève mes fringues, passe un jogging et un sweat en coton. Je m'assieds sur mon canapé, les cassettes entre les mains. Il n'y a rien qui puisse m'aider. Toujours pas de notes dessus, rien sur leurs boîtiers. J'ai l'impression d'être à nouveau le branleur que j'ai été, quand on achetait des mixtapes de rap pour les jouer sur des vieux postes défoncés au son pourri – il y a des années-lumière. Des objets morts, qui n'ont rien à foutre dans une chambre d'étudiant aujourd'hui. Je m'allonge, en essayant de faire le vide dans ma tête, de chasser l'angoisse, lointaine, que cette affaire soit plus complexe que prévu, et le mauvais pressentiment que la solution se trouve au fond d'un bain de merde dans lequel je n'ai pas vraiment envie de me plonger.

La sonnerie de l'interphone me réveille en sursaut. Je regarde l'heure sur l'horloge murale. Vingt heures. Je me suis endormi sur mon canapé. Je me lève en précipitation, décroche l'interphone.

— Oui ?

— C'est Idir ?

Voix racailleuse, que je ne reconnais pas.

— C'est qui ?

— Je viens de la part de Tarik.

— OK. Troisième droite.

J'ouvre la porte et entends un type monter l'escalier en hâte. Il arrive sur le palier. Il a encore son casque intégral vissé sur la tête, visière rabattue. Je l'invite à entrer, d'un geste de la main, et claque la porte derrière lui. Il retire son casque et me dévoile son visage, celui d'un type très jeune, qui n'a pas fait le bon choix dans la vie mais qui ne s'en rend pas encore compte.

Il passe la main dans son pantalon et en ressort une enveloppe kraft découpée dans le sens de la longueur et scellée avec du gros scotch. Il me la tend.

— Vous livrez vite. Merci.

— Fais attention avec la coke, elle n'est pas très coupée. Tarik m'a dit de te prévenir.

Je lui souris.

— Tu lui diras que si j'ai une gamine qui fait une O.D. je le balance. Et toi aussi.

Il me regarde, l'air tendu.

— Je déconne.

Il pousse un soupir de soulagement ; j'ai bien fait de préciser.

— J'avais pas compris. Bonne journée.

Une fois le livreur parti, je vide le contenu de l'enveloppe sur la table basse. Il y a deux petites fioles de plastique, l'une remplie de coke, l'autre d'une poudre constituée de cristaux aux reflets roses et d'une dizaine de pilules enfermées dans un sachet dont les bords ont été scellés par le feu d'un briquet. Je jette un nouveau coup d'œil sur l'horloge. Il faut que je me dépêche, je suis à la bourre.

J'entre dans le luxueux appartement du XVIe arrondissement que mon pote occupe depuis son mariage.

— Salut Idir, ça va ? T'es le premier, mon père est en retard. Comme d'habitude.

— Ton père ? Cool, je savais pas qu'il venait…

Il n'a pas l'air ravi. J'enchaîne.

— Ta femme est là ?

— Ouais, elle est à la cuisine. Donne-moi ton manteau.

Je le lui laisse et marche jusqu'à la cuisine. Nathalie est occupée à découper des légumes. Elle porte une robe noire, parfaitement ajustée à sa fine taille. Sa main, serrée sur le couteau, fait ressortir les muscles qui courent le long de son bras. Elle lève les yeux vers moi quand elle m'entend entrer. Trop maquillée pour cacher les cernes sous ses yeux. Elle est sublime. Ses cheveux ont été coupés au carré, ce qui la vieillit légèrement et durcit l'expression de son visage. Je ne pensais pas qu'elle serait un jour plus belle que l'étudiante qu'elle avait été. À la voir maintenant, la trentaine à peine passée, je suis sûr que j'avais tort.

— Salut Nat'.

Elle tourne la tête et me sourit.

— Ah, salut Idir.

Je m'approche pour lui faire la bise, elle ne lâche pas son couteau des mains. Une odeur de santal, entêtante, sur sa peau, qui déclenche le rêve d'une nuit sans sommeil.

— Comment ça va ? me demande-t-elle en reprenant sa tâche.

— Ça va, et toi ?

Elle s'arrête un instant de couper ses légumes, fixe les rondelles qu'elle a déjà tranchées et souffle.

— Ça peut aller.

Je sens le vertige dans ses yeux, la sensation de ne pas savoir ce qu'elle fout ici, à émincer des putains de poivrons pour se calmer. J'essaye de dissiper les mauvaises ondes.

— Ça a l'air bon ce que tu cuisines, je dis.

Thomas entre subitement dans la cuisine.

— Idir, viens, je te sers un whisky.

Je le suis et laisse sa femme, sans doute la plus belle de Paris, finir de nous préparer le dîner en me disant que c'est elle qui devrait boire un whisky et moi qui devrais être aux fourneaux.

Dans le salon, je m'installe dans un gros canapé en cuir beige. Sur la table basse en bois rouge, deux verres, un bol rempli de glaçons et une bouteille imposante à peine entamée. Thomas voit que je l'observe et se sent obligé de préciser, alors qu'il remplit les verres :

— Du Balvenie.

— Connais pas.

— C'est du 30 ans d'âge, Idir.

— Cool. Pourquoi tu précises ce genre de truc ? Tu sais très bien que je m'en tape, je dis en plaisantant. Tu pourrais me servir un Label 5, je serais content.

Il part dans un petit rire nerveux, tout sauf naturel.

— T'as l'air tendu, ça ne va pas ? je lui demande.

— Si, si, ça va, me répond-il en se massant les tempes.

— Tu t'es encore embrouillé avec ta femme ?

Il me fixe, l'air grave.

— Elle a un amant.

— Mais c'est pas vrai ! Tu ne vas pas recommencer…

— Je te jure…

— Putain, mec ! Ça fait plus de dix ans que tu répètes la même chose. Change de disque, putain.

Il boit quelques petites gorgées de whisky en silence, revient à la charge :

— Je ne peux pas lui faire confiance.

— T'as des preuves ?

— Elle est bizarre…

— T'as des preuves ?

Il se gratte la tête.

— Je n'ai pas de preuves mais je le sais.

— Arrête, arrête tout de suite… Je veux plus écouter tes conneries.

On entend sonner à la porte.

— Ah, enfin.

Thomas se lève pour aller ouvrir, je reconnais la voix de son père dans l'entrée. Je reste seul quelques instants, le temps de descendre mon whisky d'un trait.

Ça faisait longtemps que je n'avais pas vu Éric. Je l'aimais bien, à l'époque. Il avait ce côté franc qui fait défaut à ceux qui sont nés riches et ont pour seule préoccupation de gérer la fortune accumulée par les générations précédentes. Lui s'était battu pour y parvenir. Éric Vernay avait ce côté parvenu, qui trahissait ses origines populaires. Le genre de type qui commanderait un steak frites dans un gastro. Sans doute jouait-il de ce côté-là, pour afficher tout le chemin parcouru ou pour brouiller les pistes en affaires. Je me demandais combien de fois un concurrent l'avait pris, à tort, pour un naze, pour ensuite découvrir qu'il s'était fait niquer. Pourtant, n'importe quel type de la rue aurait compris à quel point il était dangereux.

Sheitan, aurait dit ma grand-mère. Et elle aurait eu raison. Le petit gars qui avait commencé comme simple ouvrier était aujourd'hui très riche. Et il n'y était pas arrivé par hasard. Une réussite comme on en voit rarement dans le pays, accro à la reproduction sociale et à l'inceste des élites économiques. Tout ça faisait de lui un homme aussi redoutable que sympathique.

Il déboule dans le salon, tout sourire :

— Ah, Idir. Ça me fait plaisir de te voir !

— Monsieur Vernay. Quelle surprise !

Toujours le même faciès de baroudeur, légèrement vieillie : mâchoire carrée, traits adoucis par les rides. Un vieux monsieur, qui a dû connaître beaucoup de femmes dans sa vie. Il me serre énergiquement la main. Poigne d'acier, toujours. Il me fait un clin d'œil.

— T'es devenu timide ?

— Non, c'est juste que je n'ai jamais réussi à vous tutoyer.

Il enlève son manteau et le tend à son fils, dévoilant l'élégant costume gris anthracite qu'il porte. À voir tomber sa veste sur sa poitrine, ses pectoraux remontés, je devine qu'il doit soulever de la fonte de temps en temps et sans doute sauter une ou deux minettes dans les vestiaires de son club de sport.

Thomas reprend son rôle d'hôte :

— Je vais chercher Nat' pour qu'on passe à table. Papa, installe-toi. Idir, va lui chercher un verre, me dit-il en me montrant l'endroit où ils sont rangés.

Je marche jusqu'au meuble et en sors un verre à whisky que je pose à côté du mien. Je sers Éric.

— Un glaçon ? je demande.

— Jamais, me répond-il en souriant.

Je me ressers et nous nous asseyons côte à côte sur le canapé. Il me tend son verre. On trinque, en se regardant droit dans les yeux.

— Ça fait combien de temps que je ne t'ai pas vu, mon garçon ?

— Depuis le mariage. Deux ans.

Je me souviens encore de tous ces connards en nœud pap' et costume sur mesure. J'avais dû en emprunter un à mon père, trop grand pour moi. Je m'étais anesthésié la tête pour ne pas supporter les discussions sur les endroits de Paris où investir dans l'immobilier. Je tenais tous les invités pour responsables de la cuite que j'avais prise et du litre et demi de Moët que j'avais rendu dans mon entrée, à peine rentré chez moi.

— Deux ans déjà. En vieillissant, le temps passe encore plus vite, c'est terrible. Qu'est-ce que tu deviens ?

— Rien de spécial, je mène ma barque comme je peux. C'est la crise après tout. Et vous, les affaires ?

— C'est compliqué aussi.

Quand je pense que son groupe doit faire plusieurs milliards par an, j'ai du mal à penser que ça puisse être dur pour des gens comme lui. Mais les chiffres ne veulent plus rien dire et personne ne sait vraiment ce qui se joue en conseil d'administration. Après tout, j'ai tourné le dos à ce monde il y a bien longtemps. Je ne crois pas que les pauvres valent mieux que les riches. Ils ont juste un tout autre genre de préoccupation.

— Lourde est la couronne, je lui dis, en souriant.

Il éclate de rire.

— Exactement, lourde est la couronne… Et son poids s'alourdit avec l'âge.

On entend des voix qui montent de la cuisine. Ils doivent s'engueuler, pour changer. En ce moment, je n'ai pas de chance avec les dîners. Je devrais penser à refuser les invitations plus souvent.

— Ça ne changera jamais, lâche Éric dans un soupir.

Thomas et Nathalie débarquent quelques instants plus tard, comme si de rien n'était. On s'installe à table et on commence à dîner. Thomas est assez nerveux, il parle peu, boit beaucoup. Mais ça se passe bien, les langues se délient et je les laisse refaire le monde, en y ajoutant parfois une petite touche personnelle. Jusqu'à ce que ça dérape.

— Nat', tu devineras jamais pour qui Idir travaille en ce moment ?

Je déteste être pris à témoin. En particulier par mes amis. J'aime qu'on me foute la paix et les scandales en public me mettent mal à l'aise.

— Je crois qu'elle s'en fout, je dis, espérant qu'il lâchera l'affaire et passera à autre chose.

Mais il insiste, lourdement.

— Non, dis-lui, ça lui rappellera de bons souvenirs.

— C'est pas nécessaire…

— Il bosse pour Oscar… Oscar Crumley, lui dit-il, triomphant. Tu te souviens ? Le mec qui te baisait quand on sortait ensemble.

Nathalie, le plus calmement du monde, repose les couverts dans son assiette et quitte la table.

— C'est ça, pars, pars, il lui lance, alors qu'elle se dirige vers les escaliers.

Éric regarde son fils, l'air consterné. Je pense que je tire la même gueule que lui, voire pire.

— Pourquoi tu fais ça, sérieux ? T'as pas honte de te donner en spectacle comme ça ?

— Tu la défends ? me demande-t-il, agressif.

— Qu'est-ce que tu voulais qu'elle fasse d'autre ? Tu viens presque de la traiter de pute devant nous !

— Pfff, t'as rien compris... me répond-il en évitant mon regard.

Il finit son verre cul sec, se lève de table et se dirige, lui aussi, vers les escaliers. Je me retrouve seul à table avec Éric.

— Je lui avais dit de ne pas se marier avec une femme si belle, que ça créerait forcément des ennuis.

Je souris en entendant ses conneries.

— Vous pensez qu'il aurait dû en choisir une moche pour avoir la paix ?

Mais il n'a pas envie de rire.

— Je n'ai jamais compris pourquoi tu étais resté son ami. C'est à cause de lui que...

Je le coupe – aucune envie de parler de ça.

— C'est à cause de moi. Si j'avais été moins stupide, j'aurais refusé de le faire.

— Moi aussi j'ai grandi dans un quartier populaire...

Je n'aime pas du tout l'air qu'il est en train de me jouer. Parce que ce genre de personne ne se livre jamais pour le plaisir mais seulement pour obtenir quelque chose.

— Je vous arrête tout de suite, mon père est médecin.

— Tu ne comprends pas ce que je veux dire... Je sais ce que c'est de vouloir faire partie d'un monde auquel on n'appartient pas... ce qu'on est prêt à faire pour y arriver. Si mon fils n'avait pas été un lâche, il aurait été régler cette affaire tout seul et il n'aurait pas payé son meilleur ami, avec mon argent, pour le faire à sa place.

— Qu'est-ce que ça change ? je lui demande, sèchement.

Je bois une gorgée de vin, pour calmer la boule dans ma gorge.

Il pose ses couverts et s'essuie la bouche, lentement, avec sa serviette.

— J'ai un petit problème que tu peux peut-être m'aider à résoudre.

— Je vous écoute.

— Mon chauffeur s'est fait attaquer la semaine dernière. À un feu rouge. Un type lui a collé une arme sous le nez et l'a éjecté.

— Et qu'est-ce que vous voulez exactement ?

— Retrouver la voiture.

Pour la première fois de ma vie, je me demande si Éric est con.

— Vous avez déposé plainte ?

— Non, me dit-il, ma femme voulait le faire mais je lui ai dit que ça ne servait à rien...

— Le seul problème, c'est que si le petit malin qui a arraché la voiture l'envoie dans le rideau de fer d'une bijouterie, vous devrez expliquer à la police pourquoi vous ne l'avez pas signalée volée.

— C'est mon problème.

Je comprends qu'il ne veuille pas discuter de ses choix. Ça veut dire qu'il a une idée derrière la tête.

— Qu'est-ce qui vous fait croire que moi, seul, je vais réussir à retrouver votre voiture ?

— J'ai confiance en toi.

— C'est une vieille voiture ? Je veux dire, de collection ?

— Non.

— Vous êtes pas assuré contre le vol ?

— Non plus.

Je trouve ça bizarre mais n'en rajoute pas.

— Dans ce cas, rachetez-en une autre et déclarez celle-ci volée. Je pense sincèrement que c'est la meilleure chose à faire.

— Je ne supporte pas qu'on me vole. Je veux récupérer ma voiture.

Un sourire, qu'il prend mal.

— Qu'est-ce qu'il y a d'amusant ?

— Écoutez, je vais être un peu direct, si vous le permettez. Si on s'est fait voler une voiture, il faut jouer le jeu et la déclarer volée. Et vous ne l'avez pas fait. Première chose.

Il fronce les sourcils.

— Ce qui m'amène à la deuxième chose. Qu'est-ce qu'il y avait dans la voiture ?

Il ne répond pas.

— Si vous voulez que je travaille pour vous, il faut jouer franc-jeu avec moi. Vous ne déclarez pas le vol et voulez retrouver la voiture. Très bien. Je veux juste vous poser une question. Est-ce qu'il y avait quelque chose dans la voiture, dont j'ignore pour le moment l'existence ? Quelque chose que vous ne voudriez pas voir tomber entre les mains de la police ? Si c'est le cas, je dois savoir. Sinon je vais être obligé de refuser votre offre.

C'est à son tour de sourire.

— Tu regardes vraiment trop de films, mon garçon. Il n'y a rien dans la voiture. Je veux juste être sûr de la retrouver. Disons qu'elle a une valeur sentimentale...

— Et qu'est-ce qui vous dit que la voiture n'a pas été volée par des professionnels ?

— Arracher une voiture à Paris le visage découvert, ça ne fait pas très professionnel, comme tu dis.

Il a insisté sur le mot, pour montrer qu'il sait de quoi il parle. Peu importe le domaine, je reste un amateur.

— C'est vrai que je suis un vieux monsieur, mais on ne devient pas riche en tendant la joue. On ne me vole pas impunément et peu de gens sont assez fous pour essayer.

Dans ce cas pourquoi me demander à moi de la trouver, s'il a son propre service d'ordre ? Je garde la réflexion pour moi.

— Comment je fais pour retrouver votre voiture ? Des dizaines de vols similaires ont lieu à Paris chaque semaine et les voitures sont revendues dans la foulée.

— C'est une R8, me répond-il, comme si la réponse à ma question était là.

Voyant que je ne réagis pas, il ajoute :

— V10.

Je décide de mettre les choses au point, quitte à faire passer mes lacunes en automobile pour un manque évident de virilité.

— Je suis désolé, ça va sans doute vous sembler bizarre mais je n'y connais rien aux voitures.

— Tu connais la marque Audi ?

— Ça me dit quelque chose, je ne suis pas ignare à ce point.

— C'est leur voiture la plus chère.

— Est-ce qu'elle a un gros coffre ?

— Non, c'est une deux places.

Parfait. Faible capacité de chargement, aucune chance qu'elle soit revendue à un go-faster. Seulement à un particulier. Si elle est chère et qu'elle ne passe pas inaperçue, le voleur mettra du temps à l'écouler.

— Où est-ce que l'incident est arrivé ?

— Près de la porte de Pantin.

— Il y a combien de temps exactement ?

— Ça fait six jours.

— Je peux voir votre chauffeur ?

Il me fixe avec ses yeux de serpent.

— Je crains que ça ne soit pas possible.

— Il vous a dit à quoi ressemblait le voleur ?

— C'est un jeune. Typé mais blanc de peau. Encore une fois d'après mon chauffeur…

Ce qui veut tout et rien dire à la fois, mais je ne lui fais, encore une fois, pas remarquer.

— D'accord, je vais voir ce que je peux faire. Pour les honoraires…

Il me coupe, d'un large geste de la main, paume ouverte.

— Je te payerai un tiers du prix de la voiture.

Je déglutis malgré moi. Ça doit faire beaucoup d'argent. Il me tend une main par-dessus la table. Je la serre, pour la deuxième fois de la soirée. Je n'aime pas cette manière hypocrite de sceller les accords. Comme si ça changeait quoi que ce soit. Mais bon, après tout, le client est roi. Je décide de me venger, à ma manière.

— C'était pour ça le dîner ?

Je ne lâche toujours pas sa main. Il sourit.

— Mais non mon grand, c'est parce que ça me faisait plaisir de te voir.

— Évidemment, évidemment, je réponds, en le regardant dans les yeux.

Il fouille dans la poche de sa veste pour en sortir une carte de visite et un stylo. Il griffonne quelque chose au dos de la carte, me la donne.

— Si tu retrouves la voiture ou les types qui ont fait ça, appelle ce numéro. C'est celui du type qui bosse pour moi. Il s'occupera de tout.

Je range la carte dans la poche de mon jean.

— Bon, je vais y aller, moi. Vous saluerez Thomas de ma part et vous le remercierez pour le repas.

— Attends, je vais aller le chercher.

— Non, non, ne le dérangez pas, ils doivent être en pleine explication.

Il est inutile d'insister, Éric s'est déjà levé et se dirige vers l'étage. Je quitte la table à mon tour et récupère mon manteau dans l'entrée. J'attends quelques minutes en matant une toile horrible fixée au mur du couloir. Comme si le type qui l'avait peinte avait bouffé des couleurs pour les vomir dessus. Et dire qu'il faudrait que je travaille vingt ans pour me payer une merde pareille.

Thomas finit par me rejoindre et s'excuse pour ce dîner « un peu spécial ».

— T'inquiète mec, je commence à avoir l'habitude.

La main sur la poignée de la porte, il me retient.

— Idir, je vais partir à New York pour quelques jours. Pendant mon voyage, est-ce que tu penses que tu pourrais… ?

— Non, je le coupe froidement. Si tu allais me demander de la suivre, je préfère tout de suite qu'on oublie cette conversation et que tu me laisses tranquillement rentrer chez moi en me disant que j'ai passé une bonne soirée.

— Je te payerai bien.

— Mais t'as vraiment pas compris, hein ? Y a que toi qui n'as pas changé, t'es resté le même connard.

Vexé, il me répond :

— Tu crois que tu vaux mieux que moi ?

Cette fois j'ouvre la porte pour de bon.

— Prends des vacances mon frère. Merci pour le dîner.

2

Dix heures du matin. Le goût acide dans ma bouche me pousse à continuer ma nuit. Je me lève vers midi, avec un léger mal de crâne qui refuse de partir, même après deux aspirines. Je ne pensais pas avoir picolé tant que ça hier. Mauvais calcul.

Je prends le métro jusqu'à Belleville pour retrouver Cherif. Je le connais depuis tout gamin. Un pote de quartier que j'ai connu à l'école. Il m'aimait bien, je lui faisais ses devoirs. Ça m'arrangeait. En échange il me protégeait des plus méchants et m'empêchait de me faire taper dessus. Je crois que c'est comme ça que notre amitié a commencé. Heureusement qu'elle ne s'est pas limitée à ça. Pendant que moi je passais le bac, lui était déjà un des voleurs les plus célèbres de la capitale. Ça avait commencé par les scooters, qu'il empruntait pour faire le tour du quartier puis reposait plus loin sur le boulevard. Ajouté à ça, un don pour le pilotage. Un putain de don. Adolescent, Cherif savait soulever un CBR de plus de 150 kilos et conduisait ça comme une trottinette.

Il s'est vite fait repérer par les équipes du quartier. Pour elles, il avait conduit des ouvreuses à Dam. Puis des porteuses. Tout ça sans permis, puisqu'il n'était même pas majeur. La légende raconte qu'après un barrage sur l'autoroute belge au retour il avait fait demi-tour et ramené la bagnole à Paris en passant par l'Allemagne, l'Autriche et l'Italie. Je ne lui ai jamais demandé si c'était vrai. Même si ça l'était, il me dirait que c'est faux avec un petit sourire en coin, de ceux qu'on sort pour faire planer le doute. Il a arrêté de piloter et s'est concentré sur les vols de voitures. « Sans violence », comme il le précise à chaque fois, avant d'ajouter « je suis le Arsène Lupin kabyle. »

Derrière ce trait d'ego puéril se cache une réalité. Cherif est l'un des seuls à ne pas voler les voitures à l'arrachée en menaçant le conducteur avec un flingue, un taser ou en lui donnant des coups de casque… Avec la modernisation des systèmes de sécurité sur les véhicules, en particulier ceux qui ont de la valeur, les types braquent les conducteurs. Cherif, lui, travaille à l'ancienne. S'il s'attaque à quelqu'un, c'est seulement à la voiture. À ma connaissance, c'est le dernier à bosser comme ça.

On s'était un peu perdus de vue avec les années et puis on avait repris contact quand j'étais en cabane. Je ne sais pas comment il l'avait appris. Ça faisait deux ou trois ans qu'on ne s'était plus parlé et d'un coup, le voilà débarqué, à me taper la conversation comme si de rien était. Six mois pour un mec de sa trempe, c'était rien. Mais il savait que pour moi c'était beaucoup, et il voulait s'assurer que je ne manquais de rien.

La chaleur est presque intenable sur le boulevard. Des terrasses remplies de bobos, alertes au moindre rayon de soleil. Pas de doute, le quartier de mon enfance a changé. Je grimpe la rue de Belleville, la chemise collée au dos par la sueur, jusqu'au restaurant où j'ai rendez-vous. Depuis l'année dernière, on s'y retrouve une fois par semaine pour déjeuner. Cherif m'attend devant – blouson court, crâne rasé, barbe taillée et sourire aux lèvres, comme toujours. On entre dans le restau bondé. Le serveur, pas très aimable, nous place à une minuscule table, à côté d'un couple de jeunes, habillés en artistes, obligés de pousser leurs chaises pour nous laisser nous installer.

— Pourquoi c'est devenu comme ça ? me demande Cherif une fois assis, en jetant un regard en coin sur nos voisins.

— J'en sais rien. C'est le syndrome *La Vie devant soi.* Ce que les gens ne comprennent pas, c'est que cette histoire, elle est marrante à lire, mais pas à vivre. Et que c'était avant l'euro, les tensions communautaires et toutes ces merdes…

— *La Vie devant soi*, c'est le bouquin avec le feuj et la pute que tu m'avais passé ? me demande Cherif qui se fout en fait de mes théories et cherche juste à vérifier si sa mémoire fonctionne correctement.

— Il est pas juif. Il est rebeu. C'est la pute qui est juive.

Il me fait une grimace pour me faire comprendre qu'on s'en fout, que c'est pareil, qu'il voulait juste s'assurer de la référence à laquelle je faisais allusion.

— Ouais, c'était marrant comme livre. Bon sinon, comment ça va les affaires ?

— Ça va.

Il n'en revient pas.

— Putain, c'est la première fois que tu ne te plains pas.

— Je suis sur deux trucs en même temps. C'est la première fois que ça m'arrive.

— Je ne te crois pas. Attends, appelle le serveur, on va lui demander du champagne.

Il lève le bras et interpelle le type qui nous a placés à la table.

— Garçon, garçon !

Le serveur se retourne et se dirige vers nous. Je rabats la main en l'air de Cherif.

— Arrête tes conneries !

Je fais signe au serveur de laisser tomber. Il hausse les épaules et repart.

Cherif est hilare.

— Ça va, fais pas la gueule ! Non mais sérieusement, c'est bien. Raconte.

— Je dois mettre la main sur un gosse qui a fugué et retrouver un gamos volé.

Je m'arrête un instant.

— Dis-moi, tu t'y connais un peu en voiture ?

Il éclate de rire à nouveau.

— Enfoiré.

— Je dois retrouver celle d'un type, il s'est fait carjacker porte de Pantin.

— Et alors ? Ça arrive tout le temps. Il croit quoi ?

— Apparemment c'est un gros gamos, une R8.

Il s'étouffe.

— R8 ?

— Ouais… V10, j'ajoute, en espérant ne pas me tromper sur les chiffres que je cite de mémoire.

— R8, putain pour qui tu bosses ?

— Pour un type qui veut retrouver sa bagnole.

— Tu sais que ça vaut minimum 150 000 euros cette merde.

Putain, je ne m'attendais pas à tant. Un tiers du prix… Il faut vraiment que je sois plus curieux.

— Tu penses que tu pourrais m'aider à la retrouver ? Savoir qui l'a carotte ? Une voiture comme ça, ça ne passe pas inaperçu.

— C'est clair, le type va avoir du mal à le refourguer. Je peux faire courir le bruit que t'achètes l'info… pour 10 000 balles.

— 5 000 ? je négocie, voyant ma part diminuer.

Il secoue la tête.

— À ce prix-là, t'es sûr d'avoir un nom, sur une banlieue proche de Paname, avant que la voiture s'envole.

— OK, OK.

— En plus je suis sûr que vu ton client, tu les sentiras pas passer.

Je réprime un sourire, il me surprend.

— J'en étais sûr ! Putain, t'as de la chance que je gagne bien ma vie. Tu m'aurais fait croquer sinon ?

— Bien sûr !

On éclate de rire tous les deux.

— Mais quel enculé ! Tu ne m'aurais pas filé un rond.

Je règle le déjeuner.

— Tu vas où ? Tu rentres ?

— Non, je vais à Bès-bar.

Barbès. Mille nuances d'arabe dans les oreilles, de l'égyptien – pur – à l'argot de blédard que parlent la plupart des jeunes. Un des nombreux magasins du boulevard, la guerre à l'intérieur, pas de clim', juste un vieux ventilo qui tourne au ralenti ; bazar où tout le monde peut tout acheter d'occasion, en plus ou moins bon état. Un quart d'heure de lutte à fouiller dans les bacs où tous les objets abandonnés s'entassent et je trouve enfin mon bonheur. Un walkman Sony à l'ancienne, qui marche à piles. Je sors du magasin, en nage, avec la sensation d'avoir gagné une bataille contre la poussière et le temps.

Des piles achetées chez Franprix et me voilà dans mon canapé, ma vieille paire d'écouteurs enfoncée dans les oreilles. C'est parti.

La bande tourne sur du vide. Grésillement. J'enfonce la touche « Avance rapide ». Bruits de scratch qui me ramènent sur les bancs de mon adolescence. Et la voix, monocorde, faible sans jamais céder :

Je lui ai fait l'amour hier. Ou du moins j'ai essayé. On avait bu, elle a insisté… Après tout, on est censés sortir ensemble… La connaissant, c'est plus par défi qu'elle m'a demandé ça. Je dois être le seul homme qu'elle connaît qui n'ait pas envie de la sauter. Je me suis forcé à faire comme les autres, alors qu'ils ne valent rien… Elle a tout fait pour m'exciter, sans y arriver. Seul moi ai réussi. Quand j'ai compris que plus vite je finirais, plus vite ça finirait, je me suis concentré pour lui donner ce qu'elle voulait, déconnecté de l'acte pour ne plus rien éprouver, me débarrasser, sans peine, pendant que mon esprit était barré, loin, très loin du lit. Une fois fini, elle m'a souri, heureuse, le maquillage mélangé à la sueur sur ses joues, contente d'elle. Elle sentait la sueur et le sexe, fait pour rien, juste pour se sentir être une merde après. Je l'ai laissée. J'ai pris une longue douche. En rentrant dans la chambre, elle n'était plus là. J'ai changé les draps et ouvert la fenêtre. Je frissonnais en me glissant sous la couverture. J'ai bien dormi, d'un sommeil juste, mérité... Sans rêves.

Pas de musique mais des confessions, celles de Thibaut. Je ne m'y attendais pas. J'éjecte la cassette, en introduis une autre, prise au hasard – partagé entre le plaisir d'avoir trouvé quelque chose et l'angoisse de devoir écouter cette logorrhée infinie, jusqu'à la nausée.

Elle est devant moi, sur le trottoir d'en face, avec trois autres connasses plutôt jolies qui tiennent leurs cigarettes comme on tiendrait un pinceau.

— Ève ?

Pas très heureuse de me voir, elle bafouille.

— Bonjour...

Ses copines me regardent mal.

— Je peux te parler deux secondes ?

Elle comprend rapidement qu'elle n'aura pas le choix, que je resterai planté comme un connard près de leur table, prêt à endurer toutes leurs histoires de fringues et de mecs. Elle se lève, dit à ses amies qu'elle n'en a pas pour longtemps. On marche quelques mètres, elle tire sur sa clope nerveusement, sans me regarder :

— Comment vous m'avez trouvée ?

— J'ai demandé à Charles.

— Vous étiez obligé de faire ça ?

— Si tu m'avais tout dit dès le début, et que tu répondais au téléphone, t'aurais pu siroter ton chablis tranquille.

— Écoutez, je vous ai tout dit…

— Vous ne sortiez pas ensemble. Ne te fatigue pas à me mentir, ça ne sert à rien. J'ai compris que les femmes, c'était pas trop son truc.

Je n'ai pas besoin de lui parler des cassettes et de la fois où ils ont baisé ensemble, elle ne pose pas de questions. Pour la première fois, elle semble triste, vraiment concernée par ce que je lui dis.

— On n'est jamais vraiment sortis ensemble, on était juste amis…

Elle finit sa cigarette d'une longue taffe, nerveuse, la jette dans le caniveau.

— On avait une sorte d'arrangement. Je devais passer pour sa petite amie, à l'école, devant son père…

Elle s'arrête, pour déglutir.

— Voilà, lâche-t-elle, dans un soupir de soulagement.

— C'était mal vu par ses petits camarades de promotion et par sa famille si je comprends bien, c'est ça ?

Elle hoche la tête.

— Un vrai milieu de merde, hein ?

— Ouais.

— Tu connais les hommes qu'il fréquentait ?

— Non.

— T'en as jamais croisé un ?

— Non, il est très secret sur ses fréquentations. C'est un mec brillant, pudique, discret. Je l'aime beaucoup.

— Et à l'école ?

— Pas que je sache. Il ne voulait pas fréquenter des types de son milieu.

— Par choix ou par peur que ça s'ébruite ?

Elle hausse les épaules.

— Je ne sais pas. Sans doute les deux.

— Bon. Tu ne sais vraiment rien d'autre ? Les endroits où il sortait quand il ne jouait pas à être quelqu'un d'autre ? Réfléchis.

— Une fois on est allés manger, près de l'Opéra. Il était tendu. Je lui ai demandé ce qu'il avait. Il devait aller à une soirée spéciale après, retrouver un ami à lui dans le quartier. Ça avait l'air de le rendre nerveux. C'est la seule fois où il a fait référence à quelqu'un mais sans dire son nom.

— Et après...

— Rien. Il m'a accompagnée à une station de taxis et est parti à sa soirée.

— Il t'a dit où il allait ?

— Non.

— OK. Désolé pour le dérangement. À l'avenir, essaye de ne plus me cacher de trucs comme ça, s'il te plaît.

Elle me fait « oui » de la tête, un instant petite fille désolée, en sortant de son paquet une nouvelle cigarette qu'elle porte à sa bouche.

— On se voit demain, pour la soirée. Allez, retourne voir tes amies.

Ce n'est qu'une fois la rue traversée que je me retourne et me rends compte qu'elle n'a pas bougé, sa cigarette vierge toujours vissée à ses lèvres.

Je retourne chez moi. Le walkman est là, toujours posé sur le canapé. Muni d'un papier, d'un stylo et d'un rouleau de scotch, je numérote les cassettes. Je les fais ensuite défiler dans le lecteur, en avance rapide, pour tenter de séparer les faits – noms, dates, lieux – des confessions d'ordre plus général.

J'ai décidé de ne pas parler des gens en particulier, de ne diriger ma haine sur personne, de parler seulement de mon expérience, de mes sentiments, de tirer des conséquences de l'homme, ou plutôt de l'être que je suis...

Je passe une heure à l'entendre parler de sa vie, de sa famille, de ses études et d'autres conneries...

Il m'a invité à cette soirée. J'ai accepté en ressentant tout de suite de la peur. C'est un type sadique, ça se voit. Mais j'ai décidé d'oublier la peur. Je crains qu'elle soit déclenchée par la honte. J'ai pris la décision de refuser toute culpabilité liée à celui que je suis. Toute ma vie, j'ai su, et parfois vu mon père et mon frère faire des trucs dégueulasses. Je me fous de leur morale, je veux la gerber jusqu'à ce qu'elle quitte entièrement mon estomac, quitte à enfoncer mes doigts jusqu'au fond de ma gorge... Alors j'ai dit « oui » et j'ai même éprouvé une pointe d'excitation en le faisant. J'irai là-bas, en ne pensant à rien... Juste à mon plaisir. Pour la première fois.

Jusqu'à ce que sa voix change, devienne hésitante, chargée de sanglots :

J'ai dîné avec Ève avant d'y aller. Elle a vu que j'étais stressé. Il ne m'a pas laissé le choix. J'ai honte de dire que j'étais excité avant que tout ça arrive. Il est beau et attirant. À la seconde où il m'a forcé, il a rejoint cette longue lignée d'hommes qui contaminent ma famille et le monde, qui ne pensent que par la force et par la soumission, qui sont incapables de comprendre autre chose que la logique d'action la plus brutale. Ils sont de ces monstres vulgaires, aussi horribles qu'affreusement banals... Les mêmes choses les font bander, la même haine les anime, le même narcissisme sans limites, le même goût pour la perversion et le harcèlement. J'ai eu honte quand le barman m'a retrouvé et m'a demandé s'il voulait que j'appelle la police, je me suis vu devoir tout expliquer à l'uniforme, à l'autorité. Raconter le dégoût d'une vie jusqu'au gouffre de ce soir. Je lui ai dit de ne rien faire. J'ai été lâche. J'ai préféré me taire... Je suis rentré chez moi et je suis resté dans le noir...

L'enseigne grésille. J'espère que c'est là. J'ai déjà fait deux boîtes gay, en montrant des photos du gamin. Partout les mêmes types qui secouaient la tête. Ils avaient l'air sincère, aucun d'entre eux n'avait tiqué en regardant la photo et ils avaient tous accepté de me répondre sans me demander une carte de police ou autre. Pas de trace de Thibaut. Je commence à être un peu bourré, parce que j'ai consommé à chaque fois, pour ne pas jouer au connard qui pose les questions et qui ne donne rien en retour. Déjà que je dis que je suis flic, je ne voudrais pas en plus passer pour une pince.

Je m'arrête devant la porte blindée en me promettant que, si personne n'a jamais entendu parler de lui ici, je rentrerai me coucher. La perspective de retrouver mon lit me réjouit et je regrette presque que le type qui me mate derrière le judas décide de m'ouvrir. Visage carré, courts cheveux blonds coiffés avec du gel. Il porte une veste de costume bon marché, dont les coutures semblent sur le point d'exploser. Un minotaure. Un petit tilt dans ma tête. Si ça se termine mal j'aurai besoin de courir parce qu'à moins d'avoir une arme je ne vois pas comment venir à bout de ce type-là.

J'oublie le portier et descends les marches d'un escalier qui s'enfonce sous terre. La boîte est petite, la musique à fond. J'ai l'impression, pour la première fois de la soirée, de me retrouver dans le film de Friedkin. Que des anciens, des types d'une cinquantaine d'années, physiques de déménageurs et vraies gueules abîmées. Tous me matent lorsque je débarque. Un bar, un minuscule dancefloor et quelques canapés défoncés – ça sent la sueur et d'autres trucs auxquels je n'ai pas envie de penser. Je fais celui qui ne remarque rien, m'installe au bar et commande un verre au serveur habillé d'un gilet en cuir et d'un short en jean.

— Un whisky s'il vous plaît.

Il me sert mon whisky.

— Dix euros.

Je paye, sirote une première gorgée, repose mon verre sur le comptoir. J'observe la salle, les clients ne font plus attention à moi. Ça picole beaucoup, deux couples dansent lascivement et s'embrassent sur la piste de danse. Je me retourne vers le barman et lui montre la photo de Thibaut.

— Tu l'as déjà vu ?

— Non, me répond-il en baissant les yeux.

— Regarde au moins la photo.

Le barman fait comme s'il ne comprenait pas et commence à ranger ses verres propres derrière lui. J'en ai marre de jouer au faux flic depuis trois heures, marre de cette soirée de merde.

— Oh, je te parle ! Tu le connais ou pas ?

— J'ai pas à répondre à tes questions et t'as rien à foutre ici. Alors casse-toi, siffle-t-il.

Je lui souris.

— J'ai payé et je suis bien là. Je ne suis pas pressé tu sais...

Le barman pousse une porte derrière le bar et disparaît. J'ai juste le temps de voler un tire-bouchon derrière le comptoir et de le ranger dans la poche de ma veste avant qu'il ne réapparaisse, avec une batte de base-ball dans les mains. Il l'arme, prêt à faire un swing avec ma tête. Je me lève du tabouret, les mains levées en signe d'apaisement.

— Oh, cool ! C'est bon...

— Casse-toi, je te dis !

— OK, OK j'y vais.

Lorsque je me retourne, le colosse de l'entrée est derrière moi. Il me tire par le col jusqu'en haut des escaliers et me balance dehors. Mes pieds viennent râper le bitume sur plusieurs mètres mais je parviens à garder mon équilibre.

Je consulte ma montre. Une heure du mat'.

Ça m'emmerde d'attendre, là, sous un porche, le dos cassé contre la grille d'entrée des jardins du Palais-Royal, mais je préfère régler ça ce soir. Sans batte de base-ball et sans ton copain, tu feras moins le malin, fils de pute. Pour faire passer le temps, j'essaye de retrouver à quel film cette boîte me fait penser. Je ne trouve pas. Putain, Pacino joue dedans ! Saloperie de mémoire. Je m'assoupis contre la grille.

Les voix des clients qui sortent éméchés de la boîte me réveillent. Je me dis que c'est pour bientôt. Tous passent devant moi sans faire attention, comme si j'étais un clochard qui passait une douce nuit à la belle étoile.

Il me faut encore patienter quinze minutes, durant lesquelles je souffle sur mes mains pour les réchauffer, pour que le barman ferme la boîte. Le videur se tient à côté de lui et ils discutent à voix basse. J'espère que leurs routes vont se séparer là mais malheureusement ils marchent côte à côte. Ça s'annonce moins facile que prévu. Je les laisse me dépasser, d'une bonne dizaine de mètres, me relève, tire-bouchon en main. Je n'ai jamais attaqué personne avec ça mais je me dis qu'une lame, même tordue, est une lame et que si elle reste bien fixée au manche, ça ira.

Je m'élance vers eux. Le bruit de ma course alerte le videur qui se retourne. Trop tard. Je lui plante la lame du tire-bouchon dans l'entrejambe et remonte mon bras pour être sûr de percer la chair. Je lâche l'arme, il s'écroule dans un hurlement. J'envoie un coup de coude dans la mâchoire du barman. Je me retourne vers le videur. Il hurle et se tient les couilles. Un coup sec, je retire le tire-bouchon. J'ai rarement entendu un homme gueuler aussi fort, je pense qu'il ne va pas tarder à s'évanouir. Le barman tente de s'enfuir mais, encore sonné par mon coup, il ne court pas vite et je le rattrape une dizaine de mètres plus loin, pour le plaquer contre une voiture. Je pose la lame du tire-bouchon sur le haut de sa pommette.

— Le type de la photo ! Dis-moi ce que tu sais ou je te crève l'œil.

Il déglutit, je serre un peu plus le col de sa veste de ma main gauche.

— Je te jure que je le fais.

Ses paroles sont entrecoupées de sanglots.

— Il n'est venu qu'une fois, c'est un habitué qui l'a ramené, je ne sais pas comment les deux se connaissaient. L'ambiance ne lui plaisait pas trop, il était mal à l'aise... il ne s'attendait pas à ça...

— Qu'est-ce qui s'est passé ?

— Il ne lui a pas laissé le choix... Le type l'a entraîné aux chiottes et ils se sont enfermés. Une quinzaine de minutes plus tard, il est parti en vitesse. J'ai trouvé le gamin en larmes, à l'intérieur, le pantalon sur les chevilles. Il saignait. Je lui ai demandé s'il voulait que j'appelle la police. Il m'a dit non. Alors je l'ai aidé à se rhabiller et il est parti.

J'imagine le môme pris au piège, se faire violer par un dégénéré dans des toilettes alors qu'il voulait juste boire un verre et flirter.

— Le type avec lui, comment il s'appelle ?

— Je ne sais pas.

— Te fous pas de ma gueule.

— Je te jure ! Je le connais pas vraiment. On a tourné un film ensemble, pour un type qui fait des trucs vraiment spéciaux... Personne ne donne jamais son vrai prénom. On n'utilise que des pseudonymes. Lui, c'est Tantale.

— Quel genre de trucs ?

— Pas le genre que tu mates chez toi le samedi soir ! Laisse-moi maintenant, je t'ai dit tout ce que je sais.

Je reste quelques secondes à regarder le blanc de ses yeux pour voir s'il ne me ment pas.

— Je te jure...

J'entends une sirène au loin. Je relâche mon étreinte et pars en courant dans la rue. Arrivé sur les boulevards, je ralentis l'allure. J'essuie le tire-bouchon avec un mouchoir et le jette dans une poubelle.

Je fais régulièrement d'inexplicables crises de larmes. Ce n'est pas lié au stress, à la tristesse ou à quoi que ce soit. Ça peut arriver n'importe quand et me scier en deux. Je fais ça depuis toujours. Les différents psys que j'ai vus, enfant, me disaient que c'était lié au départ de ma mère. Le médecin, en prison, m'expliquait que c'était des crises de claustrophobie, parce que je vivais mal l'incarcération. La seule chose que je sais c'est que ça ne s'est jamais arrêté plus de quelques mois. Ça revient toujours, complètement déconnecté de la réalité du moment, jamais relié à mon affect. Je pourrais être au bras d'un mannequin russe sur une plage des Caraïbes, je chialerais encore de l'eau salée dans mon mojito. C'est très gênant mais j'ai appris à vivre avec.

En rentrant, transi de froid, je me retrouve devant une tasse de café, à sangloter comme un gosse jusqu'à en avoir le nez qui coule.

3

Je me réveille tout habillé sur mon canapé. Du mal à avaler ma salive, j'ai chopé froid en planquant devant la boîte. Je réchauffe le café préparé quelques heures auparavant et réfléchis à ce que j'ai appris. Thibaut ne s'était rendu qu'une fois dans cette boîte. Ce dont je me doutais, vu que son profil ne collait pas avec l'endroit. Le type qui l'accompagnait lui avait fait vivre un calvaire. Peu de chances que ce soit prémédité. Pourquoi ramener quelqu'un dans un endroit public pour abuser de lui ? Celui qui avait fait ça devait être incapable de contrôler ses pulsions. Je sens mes nerfs s'effiler, pense au supplice du gamin. Impuissant. Tantale. Un pseudo à la con, c'est bien maigre comme indice. Je me demande si ce type-là aurait pu descendre Thibaut. Crime passionnel ou peur que sa victime porte plainte ? Pour le moment je n'en sais pas beaucoup plus et essaye seulement de me persuader d'une chose : Paris, c'est tout petit et je vais coincer ce fils de pute.

Fin de matinée dans mon quartier. Alors que le soleil brille, à observer les va-et-vient dans les sex-shops je me dis que les types sont motivés pour se taper des films de cul en plein cagnard. Je les imite, dépasse la place Pigalle pour m'engouffrer dans la seule boutique du quartier que je connaisse. À l'intérieur, un type lit les résumés des films au dos des boîtiers, en bon cinéphile. Je descends au sous-sol, où se succèdent les cabines de peep-show. Derrière le comptoir, une punkette aux cheveux teints en rouge et au nez percé feuillette un magazine féminin qui m'a l'air plutôt bon enfant. Elle lève les yeux quand elle me voit approcher.

— Bonjour monsieur, qu'est-ce qui vous ferait plaisir ?

— Heu…

Elle commence à me faire l'article et me récite son catalogue.

— Je peux vous proposer un show lesbien pour 10 euros…

— C'est gentil mais ça ne m'intéresse pas…

— À l'étage, vous pouvez voir un couple faire l'amour. Ça commence dans une quinzaine de minutes.

— Je viens voir Moshé.

Elle me regarde bizarrement.

— Vous êtes un ami ?

— On peut dire ça.

Elle passe une porte qui se trouve derrière elle et me laisse seul pendant quelques secondes, au milieu des films de boules, des bites et des masques en latex. Je souris en voyant qu'en vitrine se dresse une chèvre gonflable.

— Putain c'est pas vrai !

Je me retourne. Petit, trapu. Toujours la kippa posée sur la tête, la même tronche de vieux truand juif et les manières qui vont avec. Moshé est orthodoxe, très sérieux sur les questions religieuses. Ce qui ne l'empêche pas de tenir une dizaine de sex-shops un peu partout dans Paris. Je le connais depuis mes 10 ans et le jour où il avait empêché un commerçant du marché Cadet de m'éclater un cageot sur le crâne parce que je lui avais piqué des trucs. Il m'avait invité à prendre un café et on avait joué aux cartes toute la journée.

— Et si !

J'ouvre les bras et on se donne l'accolade.

— J'en crois pas mes yeux. Comment tu vas ?

— Ça va. Et toi ?

— Baroukh Hachem, ça va. Sans déconner, avant, de Belleville, tu venais me voir. Et maintenant que t'habites à côté, jamais tu passes.

— Arrête.

Je lui montre la chèvre en plastique du doigt.

— Il y a vraiment des mecs qui achètent ça ? je demande.

— Bien sûr, me dit-il en haussant les épaules. Si t'en veux une je te fais un bon prix.

Il me fait un clin d'œil, je souris.

— Moshé, j'ai besoin d'un renseignement.

— Je t'écoute.

Je me mets à parler plus bas.

— Je recherche un type qui fait des vidéos de cul, plutôt des trucs homo a priori, mais il se peut qu'il fasse de tout.

— Il y en a plein des types comme ça.

— Je me doute bien mais je ne sais vraiment pas grand-chose sur lui. Je sais juste qu'il a un pseudonyme, il se fait appeler « Tantale ».

— Je connais un type qui peut te renseigner. Il fait des films.

Il décroche le téléphone posé sur le comptoir et compose un numéro.

— Ouais… Adrien est là ?… Tu sais vers quelle heure il rentre ? … OK, merci.

Il raccroche.

— Il n'est pas encore là, il arrive d'ici une heure. T'as mangé ?

Je lui fais non de la tête.

— Alors viens avec moi, me dit-il en attrapant son manteau derrière le bureau. Je t'invite. On ira voir le mec après.

On descend vers les Grands Boulevards, pour finir dans un petit restaurant tunisien, juste à côté des Folies Bergère. Une fois la commande passée, Moshé sort un petit cigare de la poche de son manteau.

— Je viens ici parce que c'est le dernier endroit du quartier où ils me laissent fumer.

Il l'allume et tire de courtes bouffées dessus. Me charrie :

— Alors, pourquoi t'as besoin de savoir tout ça ? Tu veux te lancer dans le cinéma ?

— Je dois retrouver un gamin. Mal à l'aise dans son milieu. Sans doute rejeté à cause de ses orientations sexuelles. Un gamin bien, mais fragile, qui finit par fréquenter des salauds. Je sais que ce type lui a tourné autour. Lui a sans doute fait des trucs.

— Comme ?

— Comme des saloperies.

— Pauvre gosse.

Après le déjeuner, le patron nous sert un digestif et on repart vers Pigalle. Moshé me briefe sur le mec qu'on va voir.

— Je te préviens tout de suite, c'est pas un ami. Je peux pas le voir. Mais si un type peut te renseigner, c'est bien lui.

On marche sur le boulevard de Clichy jusqu'à ce que Moshé s'arrête devant un sex-shop, comme s'il l'avait choisi au hasard parmi la légion qui occupe le trottoir. Il entre en poussant un lourd rideau de tissu ocre. Je le suis. L'intérieur est le même que celui de tous les autres : éclairage au néon faiblard, films partout, cabines directement sur la gauche. Le magasin est tenu par un jeune à l'air paumé : double-menton mal rasé, tee-shirt *Star Wars* et petites lunettes posées au bout de son nez.

— Adrien est là ? lui demande Moshé.

Le jeune hoche la tête et décroche son téléphone.

— Monsieur... Oui, il y a Moshé qui veut vous voir...

Il raccroche.

— C'est bon, il est là-haut. Il répète mais vous pouvez y aller.

Il nous indique un escalier de fer, en colimaçon, dont les premières marches se trouvent au fond de la salle.

J'emboîte le pas à Moshé. On commence à entendre de la musique pop – style années 1980 et le synthé dégueulasse qui va avec. L'escalier débouche sur ce qui ressemble à une petite salle de spectacle, avec des fauteuils de cinéma, et une scène baignée de lumière crue. Un type, assis devant, donne des indications à ses danseuses. Deux grandes femmes très athlétiques qui se tripotent et s'embrassent au rythme de la musique. Même vu de loin, le show est pathétique.

— C'est lui ? je demande à Moshé.

— Ouais.

Moshé avance vers lui et l'interpelle.

— Alors, ça bosse dur ?

L'autre se retourne.

— Ça fait longtemps que je ne t'avais pas vu.

Il s'adresse ensuite à ses danseuses.

— Les filles, rhabillez-vous. On fait une pause. On reprend dans cinq minutes.

En les regardant de plus près, je me rends compte que les filles sont en fait des hommes déguisés, avec des perruques et des robes à paillettes, sosies de pop stars. L'un d'eux a une pomme d'Adam deux fois plus grosse que la mienne et ressemble à une chanteuse platine à la mode.

Moshé me présente.

— Idir, un très bon ami à moi.

Adrien me tend la main, je le regarde dans les yeux. Il a des cheveux blond cendré, le front haut, une petite bouche de vicelard et les yeux exorbités. Le genre de type qu'une nana n'aimerait pas voir rentrer dans son wagon de métro un samedi soir.

— Enchanté, me dit-il.

Je lui serre la main, elle est parfaitement molle.

— Bon, je me doute que c'est pas une visite de courtoisie… C'est pas que ça ne me fait pas plaisir de te voir mais j'ai du boulot.

— On aimerait des informations sur un acteur.

Je prends la relève.

— Un type qui fait de l'amat', je pense qu'il est bi. Il se fait appeler Tantale.

Il me regarde, l'air contrarié.

— Écoutez les gars, quand je fais des films, ce n'est pas Hollywood. Je paye à peine les gens, parfois pas. Alors croyez-moi que les types qui viennent ici, ce n'est pas la crème de la crème. Je ne leur demande pas leur nom, parfois un pseudo quand il me prend l'envie de coller quelque chose sur la jaquette. C'est tout. Je peux rien pour vous, désolé. Et si vous allez voir d'autres producteurs dans le coin, ils vous répondront la même chose, que vous perdez votre temps.

Je raccompagne Moshé jusqu'à son travail et le remercie de m'avoir aidé. De retour chez moi, je me fais un café et m'installe dans mon canapé. Je pleure pendant deux heures avant que ça s'arrête. Je reste prostré jusqu'au début de soirée. J'espère que ça va passer. Le problème avec les crises de larmes, c'est qu'il n'y a pas que le moment où ça arrive. Il y a la suite. Un laps de temps toujours imprévu. Dans le noir, les veines du cou prêtes à exploser, soufflant comme un taureau après la charge, à sucer ma langue chargée d'un goût d'iode.

Vers 20 heures, mes mains cessent enfin de trembler. Je peux faire ce que j'ai à faire.

L'immeuble s'élève dans une de ces rues étroites perpendiculaires au boulevard Saint-Germain. Je sors mon portable, lis le texto qu'Ève m'a envoyé et tape les chiffres sur le digicode. Une première porte s'ouvre. Je marche quelques mètres et tombe sur une autre, à côté de la loge de la concierge. Je cherche le nom de famille sur l'interphone et sonne.

L'ascenseur doit faire la taille de ma cuisine. J'arrive au cinquième étage. Une seule porte, sur le palier. Entrouverte. Je me fige devant, la repousse très lentement du coude en prenant soin de ne pas toucher le pêne avec mes doigts.

L'appartement est faiblement éclairé. L'entrée est immense, je la traverse sur la pointe des pieds.

— Ève ?

Pas de réponse. Une lumière, allumée dans une pièce, quelque part. Elle provient d'une chambre. Du couloir, j'aperçois les pieds d'un lit. Lointain, le bruit d'objets qui s'entrechoquent, comme si quelqu'un fouillait les lieux. Je fais demi-tour vers l'entrée et saisis sur la commode un bougeoir, assez lourd pour faire l'affaire. Pour me défendre, je me sens mieux avec ça en main.

La chambre. Un lit king size, encadré d'étagères remplies de livres. Une salle de bains privée. C'est de là que vient le bruit. Devant un miroir, vêtue uniquement d'un string noir, Ève se maquille, me présentant ses fesses comme si de rien n'était, comme si elle pensait qu'un homme comme moi était habitué à en voir de si parfaites. Son dos, longue arabesque lorsqu'elle tend la main pour saisir son mascara posé sur l'étagère.

— Désolée, je ne suis pas encore prête, me dit-elle en me jetant un coup d'œil dans le miroir.

— Je croyais que… Bon, je t'attends dehors.

Je balance le bougeoir sur le lit, tends la main, droit devant moi. Elle tremble.

— Ça va ? me demande-t-elle, l'air de rien.

— Ouais. Où on va ce soir ?

— Chez Hugo.

Je ne sais même pas pourquoi j'ai posé cette question à la con. Elle sort, vêtue d'un haut large, tombant sur ses cuisses, ses longs cheveux bruns ramenés en un grand chignon. Elle porte un jean ajusté à sa taille comme une seconde peau et des talons rouges.

— On y va ? je demande l'air de rien.

Mais elle ne semble pas vouloir me suivre et s'allonge, lascive, sur le lit.

— T'as ramené quelque chose ?

Idir, tu as trop d'imagination, vraiment. Je sors la came de sous mes couilles, m'excuse parce que ça ne fait pas très gentleman mais franchement, je n'ai jamais compris les gens qui baladent leur matos dans leurs poches de manteau, comme si les contrôles de police n'existaient pas.

— Choisis ce que tu veux.

Elle se redresse et pointe du doigt la poudre rosée que m'a donnée Tarik ; rien à dire, il connaît vraiment son métier. Elle attrape un DVD par terre. *Le Mépris*. Ça me fait mal au cœur mais je lui fais une trace sur le boîtier, en me disant qu'elle a les mêmes fesses que Bardot dans le film. Elle renifle la poudre avec application, sans paille, juste en se pinçant une narine. Une vraie habituée.

— T'en prends pas ?

Je range la drogue sans répondre à sa question.

— C'est bon, on peut y aller ?

Elle fait une petite moue capricieuse.

— J'appelle un taxi.

Dans l'ascenseur, la lumière du plafonnier fait ressortir un léger bleu sur sa pommette gauche. Un truc qu'on ne peut pas se faire en se cognant contre une porte. Une fois installés dans le taxi, je lui demande ce que c'est. Elle pourrait me dire d'aller me faire foutre mais elle me répond naturellement, comme si je lui avais demandé l'heure.

— C'est un type que je vois de temps en temps, il a des délires un peu bizarres.

— Bizarres, ça veut dire quoi ? Qu'il est brutal ?

— Pas vraiment. Il n'est pas violent au quotidien mais je dirais qu'il aime la violence quand…

— Quand vous baisez, je conclus, pas très finement.

Elle me regarde de travers.

— Voilà. Mais pourquoi ça vous intéresse tout ça ?

— J'en sais rien, je me demande pourquoi une fille comme toi, qui pourrait avoir le garçon qu'elle veut, se met dans des plans comme ça.

— Il ne vous est jamais venu à l'esprit que je pouvais aimer ça…

— Pas con.

Elle rit.

— Pourquoi tu rigoles ?

— Je pense à l'autre…

— Qui ça ? Celui qui te cogne dessus ?

— Ouais… Il aime que je lui fasse mal aussi, que je le… pénètre.

Je me demande jusqu'où cette jeune fille ira. Et quel genre de types elle fréquente.

— Et ?

— Et à chaque fois, il me sort des phrases tordues.

— Du genre ?

— Du genre… attends, qu'est-ce qu'il m'a sorti la dernière fois… Ah oui : « Fais-moi souffrir, condamne-moi à être… condamne-moi à souffrir… »

Oh, je sais même plus, des trucs de tordu comme ça. C'était à mourir de rire.

La phrase résonne dans ma tête, comme si je l'avais déjà entendue quelque part.

— Ça va ? Vous n'avez pas l'air bien.

— Si, si. Et plus de « vous » à la soirée. Je suis censé être ton dealer, pas ton banquier. Alors appelle-moi Idir… putain, il a l'air vraiment spécial ton copain.

Je cherche pendant tout le reste du trajet, en vain, ce que me rappelle cette phrase. Le taxi nous dépose dans le XVIIe. J'aurais dû demander où c'était, ça m'aurait évité de traverser Paname. L'immeuble est moderne. On entend les basses de la rue. Ève pianote sur le digicode. La porte d'entrée donne sur un grand jardin au fond duquel se trouvent quelques appartements, dont les terrasses sont séparées par des cloisons de bois. Il y a une vingtaine de personnes, des bières à la main, en train de discuter. Ève les salue ; je reste derrière et les gratifie d'un vague signe de la main, sorte de salut collectif. Ils me regardent tous, intrigués. Elle leur dit quelque chose mais je ne l'entends pas et aussitôt leur angoisse cesse. Je pense que les plus perspicaces ont deviné, avec ma ganache de dromadaire, que je ne suis pas de la famille. Ève revient vers moi.

— On va boire quelque chose ?

On entre dans le salon par une grande baie vitrée, entièrement ouverte. La musique est à fond. Je la suis jusqu'à la cuisine, évitant au passage une jeune fille qui se trémousse toute seule. Sur le bar culminent un arsenal de bouteilles et une pile de gobelets en plastique. Alors qu'Ève se verse de la vodka, je lui demande :

— Tu leur as dit quoi aux gens dehors ?

— Sur vous ? Que vous étiez mon dealer. Vous voulez boire quoi ?

— Je veux bien un Jack.

Elle me le sert, pointe du doigt les bouteilles de soda posées sur la table.

— Vous voulez quoi avec ? Du Coca ?

— Rien du tout, je lui réponds en lui prenant le verre des mains.

Nous trinquons. Je bois une gorgée, les yeux rivés sur le salon d'à côté, transformé en piste de danse improvisée au milieu de laquelle de jolies filles en robes courtes se déhanchent. Ève doit scruter mon regard puisqu'elle me demande si elles me plaisent.

Je souris.

— Je suis trop vieux pour ça. Et puis on a dit que tu devais me tutoyer.

— Est-ce qu'elles te plaisent ?

La petite connaît déjà tout de la misère sexuelle des hommes en général et de la mienne en particulier.

— Oui, elles sont belles.

À ce moment un garçon arrive vers nous et interpelle Ève. Un type grand et maigre, mal rasé, avec une mèche qui lui tombe sur les yeux. Il semble heureux de la voir. Elle se sent obligée de faire les présentations.

— Hugo, notre hôte, Idir, un ami.

— Enchanté, me dit-il.

Il a l'air sincère, Ève a dû le briefer. J'ai pas envie que les deux me collent toute la soirée parce que je joue le rôle du pharmacien.

— Je vous paye un trait ?

Ève et l'autre connard me tirent de grands sourires, de ceux auxquels je n'ai pas le droit d'habitude. Tarik, je pense, petit veinard, les gens doivent t'adorer.

Hugo nous entraîne en haut d'un escalier. On entre dans sa chambre ; il y a un poster de *Pierrot le fou* sur le mur. Putain mais qu'est-ce qu'ils ont tous avec Jean-Luc ? Je lui tourne le dos, les laisse sniffer leur saloperie en regardant Belmondo, la gueule peinte en bleu. Hugo se redresse et me fait remarquer qu'elle est bonne. Il me demande si je peux en avoir facilement. Je lui jette le sachet qu'il attrape au vol et quitte la chambre, avant d'avoir envie de le cogner. Je descends les marches pour aller me mêler au reste des invités. Je me dis que rester au bar m'assure un bon moyen de parler à tout le monde. Je vais donc me servir un autre bourbon et me plante près des bouteilles, à regarder les filles danser, comme un vieux naze.

Un type au visage de footballeur de lycée, tout droit sorti d'une série télé américaine, me bouscule. Il est déjà bien éméché et doit s'appuyer un instant sur le rebord du bar pour maintenir son équilibre. Je ne relève pas. Il saisit une bière, la décapsule avec son briquet et en boit une longue gorgée. Quand il repasse devant moi, pris d'une irrépressible envie, je tends la jambe. Il bute contre mon pied et s'étale de tout son long par terre. La bière qu'il avait à la main vient rouler au sol, se vidant de son contenu. Il se relève, aussi vite qu'il est tombé, comme si la chute l'avait d'un coup dégrisé. Furieux, il me pointe du doigt et hurle :

— Pourquoi t'as fait ça ? !

Je le regarde, mine de rien, sans hausser la voix.

— J'ai rien fait mec, c'est toi qui es bourré et qui tiens plus debout.

Il arme son poing mais des amis à lui surgissent et viennent le ceinturer. Ils l'éloignent, tentent de le calmer. L'autre se débat et m'insulte toujours, ivre de rage. Ève apparaît alors. Je ne savais pas qu'elle avait assisté à toute la scène. Je lui souris.

— Laisse tomber, me dit-elle.

— J'avais pas l'intention de m'énerver.

Je regarde ses lèvres avec un peu trop d'insistance. Je ne crois pas qu'elle le remarque.

— Ne fais pas attention, je t'avais dit que ce mec était bizarre.

Je la regarde, en souriant.

— Alors, c'est lui Tantale ?

Elle me regarde bizarrement.

— Quoi ? Non, c'est le type dont je t'ai parlé dans le taxi...

Je devrais boire plus souvent. Parfois, les connexions se font sans que je m'en rende compte. Je pense que ce serait un signe de génie si elles ne se faisaient pas si tard. Ce qui fait de moi un con. J'oublie que j'ai été à l'école, que je peux être capable d'un raisonnement logique, faire autre chose qu'un boulot de merde, payé au noir.

— « Condamné à être toujours altéré », c'est ça que tu m'as dit dans le taxi ? je demande en lui agrippant fermement le bras.

— Ouais... Enfin je sais plus... un truc dans le genre, quoi.

Tantale. Le supplice. Je dois avoir l'air d'un illuminé à ce moment-là. Merci Papa de m'avoir empêché de passer mes journées dans la rue et de m'avoir forcé à aller en cours. J'ai été con d'exclure le type qui avait amené Thibaut dans la boîte de nuit de son cercle d'amis.

— Comment il s'appelle ?

— Qui ça ? me demande-t-elle.

— Le type avec lequel je viens de m'embrouiller.

— Julien.

— Il kiffe la came ?

— Ouais, plutôt, me répond-elle, avec le sourire qui me fait comprendre : fils d'ouvrier, elle le considérerait comme un tox'.

— Parfait. Va le voir. Dis-lui que je veux lui parler, que je suis prêt à lui payer un petit remontant pour me faire pardonner.

Elle me fixe, les yeux grands ouverts.

— Me regarde pas comme ça, vas-y, s'il te plaît.

Elle s'exécute. Je finis mon verre cul sec et la suis sur la terrasse. Je la cherche des yeux. Elle retient Julien par la main, dans un coin du jardin. Je m'approche d'eux.

— Excuse-moi pour tout à l'heure, je suis désolé.

Il me scrute d'un air mauvais, sans répondre. Je me dis que c'est le moment de sortir les pilules. Je ne sais pas ce que ça peut être comme saloperie mais l'autre en gobe deux comme si c'était des bonbons, avant que j'aie eu le temps de lui demander s'il en veut.

— Tu peux garder le reste si tu le souhaites. Je suis désolé pour tout à l'heure, c'était un accident.

Je fais un signe discret à Ève pour qu'elle dégage et nous laisse tous les deux. Elle comprend et s'en va. Il la regarde s'éloigner, en observant les mouvements de ses hanches.

— Tu l'as déjà baisée ? me demande-t-il, l'air de rien.
— Non.
Je connais ces mecs-là. Il aimerait que je lui retourne la question pour que lui me dise qu'il l'a sautée, qu'il me raconte en détail tout ce qu'il lui a fait, me dire qu'elle hurlait de plaisir, qu'elle en redemandait. Gerbant. Je lui tends la main.
— C'est trop sage comme soirée, j'y vais.
— Tu vas où ?
Je sens que je l'ai ferré.
— Pécho quelque chose, il me reste plus rien.
Une étincelle s'allume dans ses yeux.
— Y a moyen que tu prennes un truc pour moi ?
— Ça dépend, t'as des ronds ?
— Pas sur moi.
— Désolé mec, les chromes c'est pas mon truc.
— Tu peux pas te faire livrer ici ? Le temps que j'aille retirer des thunes dehors.
Je secoue la tête.
— Le type ne voudra pas livrer dans un endroit qu'il connaît pas, surtout s'il y a plein de monde.
Il hoche la tête comme s'il comprenait. Je fais mine de partir. Ce genre de partie se gagne comme ça.
— Hé !
— Quoi ?
— Si tu veux on peut l'attendre chez moi. Tu crois qu'il serait d'accord ?
— T'habites seul ?
Dehors. On monte dans sa voiture, une Mini gris métallisé. On roule une dizaine de minutes dans un Paris désert, avec une sale musique électro en fond, sans échanger un seul mot. Il est trop défoncé pour

pouvoir parler, fixe la route devant lui, les yeux grands ouverts. Il commence à me faire peur. On arrive devant une porte cochère, à deux pas des Champs-Élysées, qu'il ouvre avec un bip de garage. On se gare au fond de la cour de l'immeuble. Il sort de la voiture, me lâche un « c'est par là », continue à marmonner. J'aurais pas dû donner de pilules à cet enfoiré.

Il ne se donne pas la peine d'allumer la lumière dans le hall et je monte l'escalier dans le noir, derrière lui. Il enjambe les marches rapidement, je le perds de vue, et viens me plaquer contre le mur pour continuer ma montée, par peur d'une mauvaise surprise. Sur le palier, il éclaire enfin l'immeuble. Sa main tremble et il fait tomber ses clés. Pas bon signe. On entre dans l'appartement. Il balance son manteau par terre et me regarde, de la salive blanche à la commissure de ses lèvres.

— Tu l'appelles ?

— OK, tu veux quoi ?

Je sors mon téléphone. L'autre a la voix d'un enfant qui ferait sa liste de Noël :

— Heu… 2 grammes de…

— Tu sais quoi ? Je l'appelle, il vient avec ce qu'il lui reste et tu choisis, OK ?

Il hoche la tête.

— OK.

Je compose le numéro de Cherif, c'est le type en qui j'ai le plus confiance. À moins que ce soit celui que je préfère mettre dans la merde. Il ne répond pas et je tombe sur sa messagerie. Je lui laisse un message avec l'adresse, en lui demandant de me rejoindre au plus vite. Je me retourne vers Julien, il a les yeux dans le vague, fixés sur la ville qui scintille par la porte-fenêtre. Je cherche autour de moi un objet lourd. Je trouve un gros cendrier en ivoire sur une cheminée. Tout est dans le dosage. Si je le lui casse sur le crâne, il y a de grandes chances que je le tue sur le coup.

— Julien ?

Je l'appelle pour qu'il se retourne et m'offre son profil, histoire de ne pas le cogner sur la nuque. Pour une fois que je calcule bien. Il pivote sur lui-même, le menton en avant, si bien que je n'ai qu'à le frapper à la mâchoire d'un léger mouvement de poignet. L'inertie du cendrier fait le reste. Il s'effondre sur le tapis blanc crème, le filet de sang s'échappant de sa bouche venant à peine gâcher la perfection du tableau.

J'arme un deuxième coup et me penche sur son corps mais il est déjà K-O. Je balance le cendar par terre et entreprends un tour de l'appartement. J'entre dans la chambre et allume la lumière. Rien d'inhabituel, si ce n'est la bite en plastique qui trône au milieu du bureau à côté de menottes en acier. Je remue la souris de l'ordinateur et l'écran s'allume. Il ne me faut que quelques clics sur le bureau pour comprendre que l'ordinateur est bourré de films dégueulasses. Je commence à avoir un goût aigre au fond de la gorge. Est-ce que ce type-là a été capable de tuer Thibaut ? Ma réflexion est de courte durée. J'entends un râle et me retourne. Trop tard. Julien l'abat de toutes ses forces sur le sommet de mon crâne. Le cendrier m'entaille la base du cuir chevelu. Je ne sais pas si c'est parce que j'ai un peu bougé la tête ou parce qu'il a voulu frapper trop fort et ne s'est pas concentré sur l'endroit où donner le coup mais je ne suis pas dans les vapes, même si j'ai atrocement mal et que du sang me coule sur les yeux. Par terre, lui sur moi, qui m'envoie une pluie de coups de poing. Je lui adresse un coup réflexe, en pleine pommette – bien insuffisant pour étaler un type en pleine montée de came. Je me démène comme je peux, jusqu'à ce qu'une droite touche mon menton. Je baisse la garde, prends la suivante, commence à voir du noir, chaque coup bardé d'éclairs pour me rappeler à la chair, à sa résilience quand on la met à mort.

— Arrête, arrête, s'il te plaît.

Je supplie. Je sens qu'il faut le faire. La peur est toujours rétrospective, elle ne vient qu'à la fin du cycle, avant la haine de soi, fille de la honte d'avoir été soumis par plus fort. Cette peur qui m'a joué des tours quand j'étais enfant, qui m'a empêché de faire partie des prédateurs…

Bim. Le coup est violent, parti comme au golf. Les deux mains, serrées en coupe, sur le coin de sa bouche. Mon agresseur s'effondre, deux bras me remettent debout.

— Putain c'est quoi ce bordel ? J'ai eu ton message, t'as de la chance que j'étais dans le coin.

Cherif est furieux. Moi je suis heureux qu'il soit là, même si j'ai des taches bleues devant les yeux.

— D'abord, c'est qui cet enculé ? me hurle-t-il en me montrant Julien du doigt.

Je peine à retrouver mon souffle. J'ai du mal à parler. J'éponge le sang sur mon visage avec mon pull. Je veux lui répondre mais il me faut quelques secondes avant que les mots ne sortent de ma bouche.

— C'est… C'est le mec qui a violé Thibaut.

— Quoi ? C'est qui ça ?

— Le gamin que je dois retrouver. Il a sans doute un rapport avec sa disparition.

Cherif se prend la tête dans une main. Il ne va pas tarder à partir en vrille mais je suis trop sonné pour y changer quelque chose. Quant à Julien, il est toujours au sol, K-O.

— Attends Idir... Je suis pisté par la police tous les jours. Ils ont mille occasions de me serrer. Je vis comme un putain de paranoïaque. Et toi tu sautes un type chez lui et tu me demandes de venir. Tu crois que j'ai besoin de ça... Tu crois que j'ai pas assez d'ennuis ? Vas-y, appelle les flics tant que t'y es. Dis-leur : « Vous cherchez une occas' de le péter, venez. Il est en train de séquestrer un mec chez lui. » J'ai enfoncé la porte de ce type parce que je t'entendais hurler à l'intérieur.

— Je crois que je vais gerber.

— Non, non, non... Bouge pas et ouvre les yeux. Je vais te dire, moi, s'il est coupable ou pas.

Je le vois tourner sur lui-même, l'air fou, chercher quelque chose dans la pièce. Il remarque les menottes et les récupère.

— Qu'est-ce que tu fais ? je demande, m'attendant au pire.

— Tu m'as fait venir. Donc maintenant tu fermes ta gueule et tu me laisses faire.

Il traîne le corps inerte de Julien jusqu'au lit, par le bras. L'autre commence à gémir. Cherif referme une menotte sur un des pieds du lit et l'autre sur le poignet de sa victime.

— Qu'est-ce que tu fous ?

Il ne me répond pas et commence à mettre des petites claques à Julien.

— Putain, qu'est-ce que tu fous ? je lui répète en criant.

— Ta gueule, me répond-il sans me regarder. Réveille-toi, réveille-toi connard.

Julien grommelle, toujours dans les vapes.

Cherif lui retire ses pompes et commence à lui enlever son pantalon. Il a vraiment une sale allure en caleçon et avec sa chemise blanche couverte de sang.

— Arrête, ce n'est pas la peine.

Je m'approche de lui, décidé à l'arrêter, et le tire par le bras. Il me repousse et je me retrouve au sol, pas près de réussir à me lever.

— Tu veux savoir s'il est coupable ? On va lui demander.

Il lui met deux claques.

— Où il est ?

Pas de réponse. Cherif lui allonge un énorme coup de pied dans le bas-ventre. Julien hurle de douleur.

— Où il est ?

L'autre gémit :

— Je ne sais pas.

— Tu l'as tué ?

— Mais putain de quoi vous parlez ?

Il lui remet un coup.

— C'est toi qui l'as tué, fils de pute !

— J'ai rien fait ! Arrêtez, putain.

Cherif se penche sur lui, immobilise ses jambes, lui enlève son caleçon et le lui fourre dans la bouche. J'observe Julien, à terre, impuissant, des larmes dans les yeux, son sexe recroquevillé, déjà violet des coups reçus.

— Ah ouais, tu sais pas de quoi on parle ? Qu'est-ce que tu lui as fait ? T'es un sale pointeur, hein ?

Cherif sort un briquet de sa poche et commence à approcher la flamme du pubis de Julien. Des poils commencent à griller. Le type s'étouffe en hurlant, son caleçon dans la bouche. Il est temps que je me relève.

— Putain arrête !

Il se retourne vers moi, comme s'il avait oublié que j'étais là. Il retire le caleçon de la bouche du type et le laisse parler.

— Je l'ai juste amené dans ce club ! Le reste c'était un accident, je ne pensais pas que ça irait si loin. Je ne sais pas ce qui m'a pris. J'avais pris trop de trucs. Je lui ai dit que j'étais désolé.

Des larmes coulent de ses yeux. Ses sanglots ressemblent aux spasmes d'un épileptique en pleine crise.

— T'avais peur qu'il porte plainte alors tu l'as tué ?

— Non, non. Je le jure. Je ne l'ai plus jamais revu après ça…

— S'il l'avait tué, il nous l'aurait avoué, me dit Cherif.

— Pourquoi tu lui as fait ça ? je demande à Julien, qui ne ressemble plus du tout à un tortionnaire mais à une petite merde effrayée et inoffensive.

— Je savais que c'était une fiotte. Et lui faisait semblant… Je voulais qu'il sache qui il était, lui donner une leçon.

Je lui crache dessus un filet de salive compacte.

— Et c'est pour ça que tu l'as emmené là-bas ?

— C'était pas si terrible que ça, après tout c'est ce qu'il aimait, me répond-il.

Je lui allonge un coup de pied en pleine tête.

— Et ça, t'aimes ça ou pas ? Fils de pute !

Je sens deux bras me ceinturer et mes pieds décoller du sol. Cherif me maintient contre lui jusqu'à ce que je manque d'oxygène. Il me relâche. Aucun moyen de retrouver mon souffle.

Cherif ouvre la menotte et détache Julien. Il lui prend la tête par les cheveux.

— On n'est jamais venus ici, OK ? Si tu parles aux flics, si tu portes plainte, je te ferai la misère. Je sais où t'habites. Je trouverai où tes parents habitent. Alors oublie cette soirée, mon pote...

L'autre hoche la tête frénétiquement, effrayé.

— Allez viens, on se barre.

Cherif me traîne hors de l'appartement. J'ai l'impression que des avions décollent sous mon crâne, sans aucune autorisation de la tour de contrôle.

L'escalier n'arrange rien à la situation. Sans le bras de Cherif passé autour de ma taille, je me serais assis sur le palier, à saigner sur le paillasson, en attendant que ça passe.

La rue est déserte.

— Ça va aller, tu peux me lâcher.

Je retrouve un peu de stabilité. Essuie le sang qui coule sur mon front avec la manche de mon blouson. Flingué.

— Allez, monte, me dit-il en m'indiquant un 4 × 4 garé en double file, avec les warnings.

Je m'installe sur le siège passager, la voiture démarre. Je sais qu'il est énervé et que je ferais mieux de fermer ma gueule. Mais j'ai besoin de savoir.

— Pourquoi t'as fait ça ?

— Pourquoi ? répète-t-il en criant. Parce que t'avais pas les couilles de le faire. Tu devrais me dire merci, putain ! T'as eu de la chance, je dînais avec une meuf dans le coin. Si je n'étais pas venu, qui sait ce que l'autre t'aurait fait. T'as vu ses yeux ? Il était gavé de came, merde ! Jusqu'où il aurait pu aller ? Putain…

Il me balance une claque derrière la tête qui fait goutter un peu plus de sang sur la sellerie et le tapis de sol. Il freine, brutalement.

— Allez, sors de ma caisse. Sors, sors putain !

Je m'exécute au ralenti. La voiture s'éloigne en trombe. J'essaye de reprendre mes esprits. Où je suis putain ? Je passe une main sur mon crâne. Il faut vraiment que je me fasse recoudre.

Je reconnais l'immense porte en fer forgé, la caméra de surveillance au-dessus. Avec la migraine que j'ai, c'est un miracle que je me souvienne du digicode… Heureusement qu'il habite au premier étage, je n'aurais pas pu aller beaucoup plus loin. Je sonne. Des pas, inquiets, à l'intérieur.

— Nadia, ouvre, s'il te plaît.

— Idir ? Il est 3 heures du matin…

— Je sais, je sais… Je peux entrer ?

La compagne de mon père ouvre la porte. Elle porte une nuisette blanche et ne paraît pas très heureuse de me voir.

— Idir, mais tu saignes !

— Papa est là ?

— Mon Dieu, mais qu'est-ce qu'il t'est arrivé ?

— Oh, c'est rien, je suis tombé. Tu peux aller chercher Papa s'il te plaît ?

Elle ouvre la porte et me laisse entrer. Un dernier regard, consterné, avant qu'elle me dise :

— Oui. Je vais le chercher.

Malgré la douleur, je me surprends à jeter un regard sur son cul pendant qu'elle disparaît dans un couloir.

Mon père n'est pas long à venir. Vêtu d'un pyjama, il secoue la tête en m'apercevant. Je souris, content de le voir. Pas lui.

Sur le canapé du salon, il m'ausculte le cuir chevelu, ses petites lunettes fixées sur le bout de son nez.

— Ils ne t'ont pas loupé. Il te faut quatre, cinq points.

— OK, je te fais confiance. C'est toi le médecin.

— Je vais chercher le matériel. J'arrive.

Il revient avec du fil, une aiguille, des ciseaux, une bouteille d'alcool à 90 degrés et un bol rempli d'eau. Il coupe les cheveux, tout autour de ma plaie, commence à me recoudre.

— T'aurais dû apprendre à les faire. Au moins quelque chose que j'aurais pu t'apprendre et qui t'aurait servi.

— J'aurais dû…

— Il y a beaucoup de choses que tu aurais dû faire. Comme ne pas te fourrer dans ce genre d'histoires.

— C'est mon métier qui veut ça. Ça arrive, c'est tout.

— Et c'est quoi ton métier ?

— Arrête Papa…

— Qu'est-ce que tu veux ? Que je te plaigne ?

— Je ne veux rien du tout.

— Alors pourquoi t'es ici ?

— Pour des points de suture.

— Alors t'es bien là pour quelque chose.

— T'es plus sympa que les internes de Lariboisière.

— Ne bouge pas, j'ai fini. C'est bon.

Il fait un nœud et coupe le fil. Il se lève, je reste assis.

— Merci Papa.

— De rien.

Il retire ses lunettes et les garde à la main.

— Tu peux y aller.

— Ça va bien sinon ?

Il a un sourire triste.

— Idir, je me lève dans trois heures pour aller bosser… T'as pas besoin de faire semblant.

— Quoi ?

— Tu sais Idir, ta vie, je m'en fous. À plus de 30 ans, t'es toujours à venir te faire recoudre chez ton père. Il y a quinze ans, c'était pareil. Et je te disais de ne pas te battre. Tu étais un enfant. Mais maintenant, tu es grand. Tu peux mener la vie que tu veux, ce n'est plus moi qui paye l'addition.

— Excuse-moi de t'avoir réveillé. Merci encore pour les points.

Je quitte le grand appartement et écrase mon poing, de rage, sur la cage en verre de l'ascenseur.

4

Les yeux ouverts, dans mon lit. L'oreiller collé à mon crâne par le sang coagulé. Mon premier mal de tête de la semaine qui n'est pas dû à l'alcool et une humeur de chien.

Dans la salle de bains, je me rase la tête, à la tondeuse puis au rasoir, pour uniformiser ma coupe et ne pas avoir de trous dans les cheveux. Je les perds déjà, alors ce n'est pas si terrible. Je prends soin de ne pas approcher les bords de ma plaie. Une fois l'opération terminée je me dis que ce n'était peut-être pas une bonne idée. Un crâne blanc, barré par une entaille violacée, ce n'est pas de très bon goût. J'entrevois une semaine faite de contrôles de police inopinés et d'abstinence sexuelle. Ce n'est pas comme si mon existence était mouvementée de ce point de vue-là mais avec ma tête balafrée, je suis absolument certain que je ne toucherai pas une femme dans les jours à venir.

La douche chasse les premières sueurs et l'odeur rance de mon corps.

Une fois habillé, je vais boire mon café dans le salon. Mon regard croise les cassettes empilées sur la table. Pas le courage de les écouter. Je ne suis plus sûr de faire bonne route. J'ai besoin d'aide. Je prends mon téléphone. Elle décroche rapidement.

— Salut Idir, comment tu vas ?

— Ça va et toi ?

— Ça va.

— Je t'appelle parce que j'ai besoin d'un coup de main… Je recherche un gamin, il a laissé des confessions sur cassettes, c'est assez pointu à analyser. J'aurais besoin d'un avis extérieur et comme je ne côtoie que des cas sociaux…

Elle termine ma phrase :

— C'est à moi que tu demandes de l'aide ?

— Exactement. Donc si tu veux jouer les détectives en herbe, tu es la bienvenue, je ne bouge pas de chez moi, alors…

— J'ai des trucs à faire. Je te rejoins quand j'ai fini, en début de soirée.

— C'est gentil. À tout à l'heure.

Je raccroche. Je savais qu'elle accepterait.

Nat' arrive vers 19 heures. Alors qu'elle passe la porte, je me rends compte que je suis nerveux à l'idée d'être seul avec elle dans mon petit appartement.

— Je ne t'ai pas tout dit au téléphone. Le type que je dois retrouver, c'est le frère de Crumley. Je sais que vous… vous avez eu une aventure, alors si ça te dérange d'écouter ça, je trouverai ça normal.

Elle me regarde, comme si de rien n'était.

— Ça ne me pose aucun problème.

— Très bien. Pour faire court, le gamin a 22 ans, il est entouré de connards et il vit mal son homosexualité… Il est très intelligent, lucide sur son milieu. Je dirais qu'il ne ressemble pas aux gens de sa génération. Il ne s'est pas enregistré pour être entendu, il l'a juste fait pour lui-même. Il cite très rarement des noms, des lieux… Je sais pas grand-chose. Seulement qu'il a été abusé dans une boîte de nuit par un homme qu'il connaissait. J'ai retrouvé le type, un enculé de première mais il n'y est pour rien dans sa disparition. Je pense que le gosse a fugué, seul ou accompagné mais je ne suis sûr de rien.

Elle m'écoute attentivement. Je termine :

— Alors j'ai besoin de ton avis, de n'importe quel indice auquel je n'aurais pas fait attention, de n'importe quoi qui puisse nous éclairer sur où il est, avec qui…

Elle me coupe, décidée.

— Ça marche, je suis prête.

On se retrouve rapidement sur le canapé, à se partager ma vieille paire d'écouteurs, comme des adolescents. Un rapide frisson au moment où j'enclenche la cassette dans le lecteur et que je sens son souffle, léger sur ma peau. Les bandes roulent, je les regarde tourner dans l'appareil que je tiens entre mes mains, avant d'entendre la voix désormais familière :

Je l'avais déjà fait. Mon frère m'y avait obligé, pour lui prouver que j'étais un homme. Lui seul me haïssait à l'époque, maintenant, je lui rends bien. J'avais 15 ans. Il m'a fait venir là où m'attendait la fille, offerte. Il m'a dit d'y aller… Il était à poil. Je pouvais sentir une sorte d'excitation malsaine à me voir à l'œuvre, à m'observer nu. Les deux gloussaient tandis que j'essayais de finir au plus vite. Mais je n'ai pas réussi. J'ai pleuré, leurs rires se sont transformés en hurlements. La fille m'a chassé de son sexe – mon frère a pris le relais et m'a dit de bien regarder. Je suis parti, en courant… Ils riaient toujours. Je ne sais toujours pas pourquoi je voulus le refaire, pour me prouver quoi au juste. C'est la preuve que je n'arrive pas à me débarrasser de tout ce qu'ils m'ont mis dans la tête. Chaque pas en avant compte. La prochaine fois, j'oublierai tout ça et avancerai, sans penser à eux, juste à moi. Moi, moi, moi. Ce n'est pas la meilleure solution mais je n'ai plus le choix… Si je veux arrêter de souffrir…

Je jette un coup d'œil furtif à Nathalie, qui déglutit discrètement.

Je ne compte pas subir toute ma vie. Je vais me barrer. Avec lui, s'il en a envie. Ce n'était pas quelqu'un qui m'intéressait, avant. Mais il a remarqué mon malaise après mon agression. Il ne m'a pas tendu la main, il ne fait pas partie de ces accros à la charité, qui notent sur leur ardoise toutes les mains qu'ils tendent. Il était juste là, prêt à parler quand j'en avais envie, le reste du temps muet. Ça a beaucoup compté pour mon rétablissement…

Les bandes défilent. Elle écoute, attentive. Je la scrute, obéis à ses ordres quand elle me demande de réécouter un passage, faisant jouer mes doigts sur les grosses touches en plastique du baladeur.

— Qu'est-ce que tu fais ?

Je viens d'appuyer sur « Stop ».

— T'as pas faim ? Je vais nous faire à manger, on y verra plus clair après.

Elle se lève du canapé et s'étire, encore engourdie par l'écoute.

— Tu veux une bière ? je lui demande.

— J'en ai bien besoin…

— Suis-moi.

Elle me rejoint dans la cuisine, je lui tends une canette et commence à préparer un repas sommaire.

— Je ne savais même pas qu'Oscar avait un frère. Il ne m'en a jamais parlé.

— Il n'avait pas l'air de beaucoup l'aimer, je lui réponds.

Je lui tourne le dos, c'est sans doute plus facile dans ces conditions de lui poser des questions :

— Oscar était déjà ce genre de type à l'époque ?

Pas de réponse, je sens que je l'ai mise mal à l'aise.

— Je veux dire…

— Idir, tu veux savoir si c'est moi la fille dont il parle sur la cassette, qu'il a obligé son frère à baiser ? Non, non ce n'est pas moi.

— Je suis désolé.

— Il n'y a pas de mal. Si tu veux tout savoir, les seules choses dont je me souviens c'est d'avoir eu affaire à un mec tellement défoncé qu'il avait souvent du mal à bander. Pour le côté pervers, je ne sais pas. C'était un connard, comme beaucoup d'autres mecs. Je ne vais pas refaire l'histoire maintenant que j'ai écouté tout ça.

On dîne en silence, chacun dans nos pensées, encore prisonniers des bobines fantômes. Quand je débarrasse les assiettes, je suis surpris de la voir déjà installée, les écouteurs sur les oreilles, pressée de redémarrer.

Nouvelle cassette.

Aujourd'hui j'ai été voir mon père à l'hôpital... Il est mal en point, le voir comme ça m'a fait de la peine, lui qui a toujours voulu être actif, qui m'a toujours expliqué ce qu'était un homme, qui n'a jamais compris qu'on ne change pas la condition et que ceux qui donnent les leçons et distribuent les points sont absurdes au-delà de tout point... Je l'ai toujours trouvé ridicule, desséché, dans une robe de chambre, avec une sale odeur collée au corps. J'ai eu de la peine pour lui, comme on en a pour un type qui s'est trompé, qui a passé sa vie à chercher de l'or sans en trouver un gramme... Ma mère a pleuré. Ça ne m'étonne pas. Elle est devenue son rôle. Elle m'a sauvé, elle m'a fait avec lui, pour que je manque jamais de rien. Malgré tout, je respecte ce sacrifice. Elle l'a embrassé à la fin. Elle s'est forcée pour rien. Je ne suis même pas sûr qu'il nous ait reconnus.

J'arrête la cassette et regarde Nat' :

— C'est fini pour ce soir. Merci du coup de main, je ne veux pas abuser de ton temps. J'ai rendez-vous demain avec Oscar...

Elle ôte les écouteurs de ses oreilles, presque déçue.

— Et tu vas lui dire quoi ?

— Ce que je pense. Qu'il s'est tiré et qu'il reviendra.

Elle a l'air ailleurs, le regard perdu.

— T'es pas convaincue ?

Elle me répond, hésitante :

— Si, si... Enfin, je ne sais pas. Je suis tentée de te dire « oui » mais en même temps...

Elle s'arrête un instant, me regarde en face :

— Je peux te les emprunter ? Je les réécoute chez moi et je te donne un avis définitif.

Je ne crois pas me rappeler qu'elle m'ait déjà demandé quelque chose. Heureusement, car je pense que je n'aurais pas souvent refusé. Elle part, avec tout le matériel, me laissant seul dans mon appartement.

Le même café que lors de notre première rencontre. Il est déjà là, à regarder autour de lui, l'air anxieux. Il se lève pour me saluer, son regard est plein d'espérance.

— Salut Oscar.

— T'as des nouvelles ? me demande-t-il avant que j'aie eu le temps de m'asseoir.

— Pour être franc, non, rien de concret.

— Alors pourquoi tu m'as fait venir ? rétorque-t-il sèchement.

— Écoute, je vais être honnête avec toi. Je pense que ton frère s'est barré, il est parti se mettre au vert pendant un moment. Mais il reviendra. Dans quelques semaines, quelques mois. Mais ça prendra moins d'un an.

— Comment tu peux en être sûr ?

— Tu sais que ton frère est homo ?

Son visage ne trahit aucune surprise.

— Oui, je m'en doutais. Et alors ? C'est son droit.

C'est ça connard, joue au mec tolérant, je sais que tu le forçais à baiser tes copines pour lui montrer ce que c'était d'être un homme.

— Bien sûr, je réponds, comme si de rien n'était, mais dans son milieu, je pense que c'est mal vu.

À mon avis, il a fui Paris pour vivre librement. Je ne le connais pas mais je t'assure que ton frère vaut mieux que le tas de merde qu'il fréquente. Je pense qu'il a juste besoin de changer d'air pendant un moment.

Je décide de ne pas lui parler du viol. Ça ne servirait à rien.

— Donc ça ne sert plus à rien de me payer. On arrête les frais. Je ne trouverai rien d'autre. Il faut juste être patient, Thibaut rentrera à la maison.

Il reste un instant pensif, puis poursuit, comme si la conversation qu'on venait d'avoir n'avait jamais eu lieu.

— J'aimerais que tu continues tes recherches.

— Je te l'ai dit, ça ne sert à rien…

— Je payerai plus…

— Je ne découvrirai rien d'autre.

Il me fixe, l'air hagard. J'essaye de me justifier, je ne comprends pas pourquoi il insiste, surtout pour quelqu'un qu'il semblait, en privé, détester.

— Tu comprends ? Je ne suis pas du genre à accepter de l'argent pour faire quelque chose quand je suis assuré de n'avoir aucun résultat.

— Oui, oui, je comprends. Je vais te régler ce que je te dois.

Il sort une liasse de billets de son portefeuille. Il a fait un effort, il n'y a que des petites coupures. Je les empoche, après avoir recompté.

— Merci en tout cas, merci pour tout, me dit-il, l'air sincère.

— De rien. Je te rappelle si, par hasard, j'apprends quelque chose.

Je me lève de la table.

— Ça va aller, il va revenir, je lui dis en lui tapant sur l'épaule.

Je pars, le laisse seul. Je ne pensais pas que j'éprouverais un jour de la peine pour ce type. Le voir perdu à ce point m'ôte un instant la haine que j'ai ruminée, pendant des années, à son égard.

Je rentre chez moi, épuisé par le rendez-vous et m'allonge sur mon canapé. Je lance un film. *Le Port de la drogue* de Sam Fuller. J'ai à peine le temps de voir Widmark voler le portefeuille dans le métro que je m'endors. Lorsque je me réveille, le générique défile. Je consulte mon téléphone et constate que j'ai un message d'un autre voleur – de voiture cette fois – sur mon répondeur. Il me demande de le rappeler.

— Allô Cherif ?

— Ouais.

— Écoute, pour la dernière fois je...

— Ouais, ouais, on s'en fout... j'ai...

— Non mais sérieusement, je suis désolé...

— Je t'ai dit qu'on s'en foutait ! Tu me laisses parler maintenant ? Y a un type qui a vu ta bagnole.

— Sérieux ?

— Ouais.

— Oh, t'es vraiment un taulier !

— Retrouve-moi dans vingt minutes vers Saint-Blaise, on ira ensemble.

Je retrouve Cherif dans le XXe. Il est au téléphone, debout, le dos appuyé à la portière de sa voiture.

— Alors ?

— Y a un type, sur Bagnolet, qui veut nous parler. T'as l'argent ?

— Quel argent ?

— Pour payer le type.

— Bah… non.

Cherif secoue la tête.

— T'es un vrai tocard. Bon, je t'avance, tu me rembourseras plus tard.

On roule jusqu'à une petite cité de Bagnolet, deux bâtiments gris de quelques étages. Cherif décroche son portable.

— Ouais, je suis en bas… Ouais, le Touareg noir.

Deux minutes plus tard, un jeune Black, qui ne doit même pas avoir 18 ans, s'installe à l'arrière de la voiture.

— Je t'écoute, lui dit Cherif.

— Je veux mon oseille d'abord.

Cherif se retourne et le regarde dans les yeux. Je me retourne à mon tour. Le gamin est nerveux, il fixe ses pompes.

— Fais pas le caïd avec moi, je te donnerai ton oseille, t'as ma parole, lui dit Cherif.

Le type hésite avant d'accepter le deal.

— C'est un gars d'ici qui a la voiture. Il s'appelle Stéphane.

— C'est tout ? Tu te fous de ma gueule ?

— C'est le petit frère d'un type qui s'appelle Claude. Claude Louasse. Il y a eu une fusillade sur un parking à Tremblay la semaine dernière. Ils en ont parlé aux infos. Il paraît que Claude en était. Ils ont dit que c'était pour des stups, mais c'est des conneries. Depuis plus personne ne l'a vu, il se planque.

— Pourquoi c'est des conneries ?

— Ces types-là sont pas connus pour toucher aux stups. Ils font plutôt des trucs sales… Genre saucissonnage.

— Continue.

— Le lendemain de la fusillade, Stéphane a tourné partout pour essayer de vendre la gova. Il était en stress. Il en a parlé à tout le monde. Il était prêt à casser les prix, il avait besoin de vendre, ça se voyait. Il avait peur, ça se voyait aussi. Pourtant, ce type, c'est pas un rigolo.

— Tu penses qu'il a besoin d'argent pour planquer son frère ?

Le type hausse les épaules.

— C'est pas à moi de dire.

— Tu sais où il habite ?

Le gamin hoche la tête.

— Tu nous emmènes ?

— Ça va vous coûter de l'argent.

Cherif, calmement, ouvre la boîte à gants et en sort un petit flingue à barillet. Il se retourne vers le type et lui dit :

— C'est ça que tu veux ? Tu veux que je te foute un brolic sous le nez ? C'est ça qu'il faut pour que t'arrêtes de me prendre pour un con ?

L'autre commence à paniquer.

— C'est bon, mec. Y a pas d'embrouille, je vais vous emmener.

— Eh bah voilà.

Cherif range l'arme et démarre la voiture.

— Pourquoi tu balances un mec de chez toi ? je demande.

— Cette salope serait prête à kidnapper sa mère pour demander de l'argent à son père. J'ai rien à voir avec lui.

— Quel âge il a et à quoi il ressemble ton mec ?

— Je sais pas, 20, 25 ans. Babtou de tess.

Ça peut correspondre avec la description donnée par le chauffeur d'Éric.

Il nous guide jusqu'à une allée pavillonnaire.

— C'est là, la troisième maison.

Cherif continue de rouler et arrête la voiture dans une rue perpendiculaire, 50 mètres plus loin.

— Tout le monde descend, annonce Cherif.

— Je reste dans la voiture moi, je ne veux pas me griller, explique-t-il.

Cherif le regarde de travers, je lui fais un signe de la main pour qu'il laisse couler. Il prend le flingue dans la boîte à gants et le passe à sa ceinture.

— T'es sûr que tu veux prendre ça ? je demande.

Il ne répond pas et sort de la voiture. Je l'imite.

— Pourquoi, tu crois que je vais me pointer chez un taré sans être enfouraillé ? me dit-il en marchant vers la maison.

— Tu sais, je crois beaucoup à la théorie de l'escalade de la violence.

Il ne semble pas prêter beaucoup d'attention à mes propos.

— Tu le sens comment ? me demande-t-il.

— J'en sais rien.

— Tu crois que ce type va gentiment nous ouvrir la porte ?

— Pourquoi pas ? On a une arme après tout.

— Idir, ça ne te vient pas à l'esprit qu'il en ait aussi une pour nous recevoir.

Devant le pavillon se trouve un petit jardin à l'herbe brûlée, uniquement peuplé d'un barbecue et d'une vieille table en plastique, gardés par un portail en fer rouillé. Pas vraiment un rêve champêtre de petit Parisien. Je me doute que le propriétaire n'est pas du genre à faire du jardinage, mais l'ensemble paraît vraiment à l'abandon. En m'approchant, je me rends compte que la petite porte en fer est rabattue mais pas verrouillée.

— Je fais le tour, me dit Cherif. C'est ton histoire après tout et je tiens pas à me manger une bastos. Attends un peu avant d'aller sonner.

Il fait le tour de la maison et me laisse entrer seul dans le jardin. Je ramasse le tisonnier sur le barbecue, le plaque le long de mon corps et m'avance vers la porte. Je regarde l'arme dans ma main, bien maigre si le type a un flingue et l'habitude de s'en servir. Je frappe une fois. Puis une deuxième. Au bout de trente secondes, j'entends des pas, à l'intérieur. J'arme le tisonnier, la porte bouge.

— Putain, déconne pas, c'est moi.

C'est Cherif qui vient de m'ouvrir.

— Qu'est-ce que tu fous là ?

— Derrière, la porte du garage était fracturée.

— Y a personne ?

— Si, me répond-il.

Je le suis dans l'obscurité.

— Surtout, ne touche à rien, me dit-il.

La maison est dégueulasse. Un petit couloir mène au salon. Le type qu'on cherche est assis sur son canapé, devant la télé.

— Tu penses que c'est lequel des deux ? me demande Cherif.

— J'en sais rien.

Il a un trou rouge à la pommette gauche et un autre dans le cœur. C'est le premier mort que je vois de ma vie, à l'exception du clochard que j'avais retrouvé immobile, lors d'un mois de décembre particulièrement rude, rue des Couronnes, quand j'étais gosse. J'ai du mal à y croire. Sans l'odeur, je me demande si je trouverais ça pénible. Cherif me sort de ma torpeur.

— Le type qui a fait ça, c'est pas un mec de tess. C'est hyper propre. Aucun lascar parisien ne sait allumer comme un putain de sniper. Qu'est-ce que t'as à le regarder comme ça ? Faut qu'on se tire.

— Laisse-moi, deux minutes.

— OK, je vais nettoyer la poignée de la porte.

On se sépare. Je fais le tour de la maison. Une petite cuisine avec de la vaisselle sale. Rien d'intéressant. Je débusque la chambre, au fond. Le lit n'est pas fait, ça sent le tabac et le renfermé. Plusieurs culs de joints dans un cendrier, des magazines pornos, un flingue et un GPS. Je prends le GPS, le fourre dans la poche de mon blouson et redescends au salon. À l'aide d'un mouchoir, je fouille la table basse devant la télé, surveillé par le cadavre d'un des deux frères.

— Qu'est-ce que tu fous ?

— Je trouve pas les clés de la caisse.

— Laisse tomber, me dit Cherif, celui qui l'a repassé a dû la lui carotte. Ou alors il a eu le temps de la fourguer avant de crever.

— Alors, où est l'argent ?

— Putain Idir ! Tu veux pas poser les questions quand on sera loin d'ici ?

Je regarde une dernière fois le mort avant qu'on quitte les lieux.

Dehors, je cours, cherche une voiture de luxe garée dans les allées résidentielles.

— Qu'est-ce que tu fous ?

— Je dois trouver cette voiture.
— Elle n'est pas là, putain ! Tu comprends ça ? Allez, monte.

De retour dans le XXe, après avoir déposé l'indic' dans un rade PMU tout naze.
— Tu veux un café ? me demande Cherif.
— Je veux bien un whisky… et une bière.
Il va passer la commande. Je me rends compte que j'ai la main qui tremble. Je repense au mort. Cherif revient et pose les verres sur la table. Je descends le whisky d'un coup et attaque une première gorgée de bière fraîche.
— T'avais soif, me dit Cherif.
Je sens ma nuque se détendre et m'enfonce un peu plus dans la banquette.
— Qu'est-ce qu'il y a ?
— Pourquoi tu penses qu'il s'est fait descendre ? je lui demande.
— J'en sais rien…
— Cherif, ne me prends pas pour un con.
— Qu'est-ce que tu veux que je te dise mec ? Ce type n'allait pas mourir de vieillesse putain. Toi, tu dois juste retrouver une caisse.
— Non, non. Je dois retrouver une voiture mais pas un cadavre, putain. Surtout que tu l'as dit toi-même, le type qui a fait ça n'était pas un amateur.
Cherif commence à se marrer.
— Quoi ?
— Idir, le type qui a volé cette voiture, c'est un chien de la casse, un taré qui enlève des gens pour payer son loyer. Si tu ne veux pas voir ça, ni un jour prendre une balle ou un coup de couteau,

contente-toi de retrouver des ados fugueurs et de suivre les femmes qui trompent leurs maris.

Je me lève et cherche de l'argent dans ma poche. Cherif me fait un signe de la main, me faisant comprendre que la tournée est pour lui.

— Si t'entends parler d'une R8 qui se vend, dis que j'achète et mets-moi en contact avec le vendeur. Merci pour tout, mon vieux.

Arrivé chez moi, je bois un grand verre d'eau et m'allonge sur le canapé. Je redresse le col de mon blouson, cale ma tête contre l'accoudoir et ferme les yeux. Je pense que les larmes vont venir mais seul le sommeil arrive.

Ça sonne à la porte. Sans fin. J'ouvre les yeux sans me précipiter, vais ouvrir la porte, encore dans les vapes. Reçois un sale coup sur la tête. Surprise. Je tombe à la renverse. La douleur se propage dans mon crâne. Les points de suture de mon père n'auront pas servi à grand-chose.

Le type me traîne par le col jusqu'à mon salon. J'ouvre les yeux, noyés dans mon propre sang, et me rends compte qu'il me frappe avec la crosse d'un flingue.

— Qu'est-ce que tu foutais chez mon frère ?

Je comprends qui est le type devant moi.

— Claude…

Mauvaise idée. Je reprends un coup.

— Comment tu connais mon prénom ?

Pris de panique, je n'arrive plus à parler. Il me colle le flingue sur la joue et appuie fort. Je sens un liquide chaud couler sur mes cuisses. Ça le fait rire.

— Regarde, tu te pisses dessus comme une petite salope, me dit-il en riant. Qu'est-ce que tu foutais chez mon frère ?

— Arrête, arrête. Je cherche une voiture qu'il a volée. C'est tout.

— Me raconte pas de conneries ! Je me planquais devant chez lui, je vous ai vus sortir, toi et l'autre mec. Et puis je t'ai suivi jusqu'ici.

— Il était mort quand on est entrés chez lui. Je sais pas qui a fait ça…

Il hésite, quelques instants, me montre le canapé avec le canon de son arme.

— Assieds-toi.

J'obéis.

— Je veux savoir qui a tué mon frère.

— Je ne sais pas.

— Écoute, me répond-il, la seule chose que tu peux négocier, c'est combien de temps ça va durer.

Je sens quelque chose, appuyé contre mon dos, derrière le coussin.

— Je te jure que je ne sais pas qui a tué ton frère.

Il détourne l'arme de moi. Je sais qu'il va me frapper avec la crosse. J'ai l'impression d'être d'une lenteur incroyable. Qu'il aura le temps de me mettre une balle dans la tête, que mon corps s'effondrera à ses pieds et qu'il dansera au-dessus. Pourtant, je parviens à le saisir et à le lui balancer. Le walkman le frappe en plein visage. Avant qu'il n'ait le temps de comprendre, je le percute de plein fouet, les bras au niveau du bassin. Il s'effondre par terre, sous moi, et j'entends son bassin céder. Je scelle alors mes poings avec mes pouces, que je maintiens serrés par-dessus mes phalanges, et commence à marteler son visage et ses tempes.

Pendant longtemps. Jusqu'à ce que son visage ne soit plus qu'une bouillie informe, mélange de salive, de mucus, de sang et de dents ébréchées.

Je me laisse tomber sur le côté et vomis copieusement. Je me traîne jusqu'à la salle de bain, enlève tous mes vêtements souillés et prends une douche. Mes doigts ont doublé de volume, mes phalanges sont ouvertes, comme la blessure à ma tête, qui dégorge de sang. Je reste longtemps sous le jet d'eau chaude, comme si cela allait aider à faire disparaître le corps qui se trouvait dans mon salon. Sans me sécher, je retourne, nu, dans le salon, jeter un coup d'œil à ce que j'ai fait. Putain. Je n'ai pas rêvé. Il est bien là. Son arme, un gros pistolet qui ressemble à un .45, repose encore dans sa main ouverte. Je la saisis et la cache dans la cuisine, dans le tiroir où je range les couverts. Je sais très bien que j'ai fait une connerie, un truc qui me dépasse, que je ne peux pas gérer seul. À ce moment-là, j'ai encore le choix. Mais je préfère croire le contraire.

Ils me matent tous de travers. Évidemment Hakim n'est pas là. Évidemment je n'en connais aucun, même de vue. L'équipe est nouvelle. Trois lascars, deux balèzes et un petit. Ceux-là sont tout jeunes, la vingtaine bien tassée, ils débutent et ils savent que plus ils seront durs, plus ils palperont.

— Je viens voir Tarik.

Tous crocs dehors, le plus petit de la bande, qui porte un jean serré et une veste de sport, s'approche de moi.

— Mais t'es qui toi ?

Mon crâne porte une sale balafre, mes mains sont en miettes, je pense que j'ai déjà inspiré plus de confiance à quelqu'un. Et je suis à bout de nerfs.

— Je suis un ami de Tarik. Appelle-le.

Le petit se marre nerveusement et se retourne vers ses potes. Ils me jaugent. L'affaire ne se présente pas si mal. S'ils avaient vraiment voulu m'étaler, je serais déjà en train de ramasser mes dents. Mais je suis pressé, c'est la seule chose qui joue contre moi.

— Regarde-toi, on dirait un cracké… t'as du sang partout. Casse-toi, je vais m'énerver.

— Si Tarik apprend que je suis passé et que vous ne l'avez pas prévenu, vous allez vous faire démonter.

Le plus jeune arme son poing, je parle plus fort :

— Mais s'il apprend, en plus, que t'as levé la main sur moi, il te coupera les couilles. Alors maintenant, l'un de vous prend son téléphone, traverse la rue pour appeler d'une cabine ou fait des putains de signaux de fumée mais j'ai besoin de lui parler tout de suite !

J'ajoute, plus calmement :

— Dites-lui que c'est de la part d'Idir.

Nouvel échange de regards entre eux. L'un d'eux se décide enfin à se lever et sort du bar.

— Si tu nous as menti, t'es mort.

Quelques minutes plus tard, Tarik entre. Il voit à ma mine que je ne suis pas venu pour boire un thé à la menthe.

— C'est grave ?

— Ouais.

— Qu'est-ce qu'il y a ?
— Il vaut mieux que tu viennes voir.

— Oh putain ! Tu l'as bien arrangé le fils de pute.

Je lui ai raconté toute l'histoire durant le trajet jusqu'à chez moi. Enfin pas toute l'histoire. Je ne lui ai pas parlé du deuxième frère, le premier que j'ai rencontré, étendu mort chez lui, sur son canapé. Je lui ai juste livré qu'un type planqué dans ma cage d'escalier a essayé de me braquer. Je ne sais pas s'il me croit mais, à vrai dire, je pense qu'il s'en fout. Tarik n'a pas besoin d'en savoir beaucoup plus.

Il sort son téléphone et compose un numéro. Je n'écoute même pas ce qu'il dit, entièrement absorbé par ce mort sur mon tapis et son sang qui, en séchant, prend peu à peu possession de mon appartement. Il raccroche.

— Les jeunes vont te faire ça. Pour moi. Mais laisse-leur quand même un petit quelque chose, parce qu'ils prennent des risques pour rien. Un billet de 10 000. OK ? Je les ai appelés, ils arrivent. Une fois qu'ils seront là, fais ce qu'ils te disent.

— Merci.

Il me met une petite tape sur l'épaule et m'adresse un clin d'œil.

— Allez, bon courage mon vieux.

Et il me laisse, comme s'il n'avait pas réussi à redémarrer ma bagnole et me quittait après avoir appelé une dépanneuse.

Je me terre dans ma chambre, incapable de supporter l'attente face au mort. Je vais ouvrir la porte quand ils sonnent. La même bande de branleurs qui m'a chaudement accueilli tout à l'heure, avec le petit nerveux comme chef d'orchestre. Ils entrent dans le salon sans me saluer, pas impressionnés par le spectacle.

— Putain, tu ne pouvais pas faire ça proprement. Sans déconner !

Le plus petit donne des ordres aux deux autres.

— Allez rapprocher la voiture. Y a des bâches dedans. Ramenez-les.

Les deux types obéissent avec nonchalance. Je me retrouve seul avec le petit.

— C'est marrant, en rentrant dans le bar, tu donnais l'impression d'être un vieux tox'. Mais c'est pour ça que tu tremblais... En fait tu rigoles pas.

Il sourit et ajoute :

— Je pense quand même que tu vas passer quelques semaines sans dormir.

Cette pensée a l'air de l'amuser. Je me demande quel genre d'homme il est pour être habitué à ça, à son âge.

— Et toi ?

Il sourit à nouveau.

— J'aurai peut-être un peu de mal aussi, ce soir. Mais c'est tout.

Les deux hommes de main reviennent avec plusieurs mètres de bâche en plastique opaque.

— Soulevez-le et foutez ça en dessous.

Les types s'exécutent.

— Bon, ça va prendre pas mal de temps...

Il regarde autour de lui, les traces de sang sur le sol, en soufflant.

— File-moi tes clés.

— Quoi ?

Il détaille les syllabes, pour me faire comprendre que ça ne lui fait pas plaisir de se répéter.

— File-moi les clés de chez toi.

— Non, je ne peux pas.

Il souffle.

— Écoute mec. Regarde-toi. T'es perdu. T'as du sang sur la gueule et sur les mains, c'est un miracle que les flics ne t'aient pas pété quand t'es venu nous voir. Y a un putain de mort en plein milieu de ton salon. Regarde ton tapis à quoi il ressemble. Si on fait pas quelque chose il va pleuvoir du sang chez tes voisins. Nous on vient te débarrasser. Mais ça va prendre un peu de temps. Parce qu'on ne peut pas se promener en plein Pigalle avec ton type sous le bras. Tu comprends ?

— Hum.

— Je vois que t'es stressé. Rester là pendant qu'on bosse ça ne va pas te faire du bien. Parce que tu vois, on va transformer ton appart' en Rungis pour les heures à venir. Tarik t'a dit de me faire confiance, non ?

— Ouais.

— Alors, fais-le, file-moi ces putains de clés et va faire un tour. Je t'appelle quand c'est fini, d'accord ? Et quand tu reviendras ici, tu auras seulement l'impression d'avoir fait un mauvais rêve.

Je sors les clés de ma poche. Je me dis que je fais sans doute une connerie. Mais je n'ai pas d'autre solution.

— Allez, me dit-il, sans doute à court d'arguments.

Il me prend les clés des mains. Je ne résiste pas.

— T'as fait le bon choix mon ami. Je t'appelle quand c'est fini, promis.

Je laisse l'équipe dans mon appartement et sors. La nuit tombe et je décide de m'éloigner de chez moi, au cas où tout cela tournerait mal. Je loue une chambre, vers Montparnasse. L'hôtel est vide. Je choisis le premier étage, pour pouvoir sauter par la fenêtre si la police débarquait. J'essaye de me changer les idées. Je vais au cinéma. Je choisis un film au hasard et me casse de la salle au bout de dix minutes, incapable de me concentrer sur autre chose que les conséquences de mon acte. Retour à l'hôtel. Le type à l'accueil me regarde de travers. Dans la chambre, je bloque la porte d'entrée avec la commode. Je m'allonge sur le lit. Je n'ai rien bouffé depuis longtemps. Derrière le mur, dans la chambre d'à côté, j'entends un couple baiser. J'ai tué un homme. J'ai déjà eu cette sensation ; celle de ne plus pouvoir revenir en arrière. Une décision qui modifie à jamais le reste de la vie. J'imagine une cellule. La même que celle dans laquelle j'ai dormi pendant six mois. Sauf que là ce sera en centrale, avec des types qui purgent de grosses peines. Je pleure, je pleure en silence, sans laisser un seul sanglot sortir. La première fois depuis des années que je chiale pour une raison précise. Et ça dure.

5

Petit matin. Un message sur mon téléphone. Je reconnais la voix du jeune que m'a envoyé Tarik. Il m'explique que je peux rentrer chez moi, que les clés sont sous le paillasson.

Je retourne à Pigalle. Je reste une demi-heure à tourner en bas de mon immeuble sans oser y entrer. Je vois des flics en civil aux terrasses de cafés... Parano à en crever. Je finis par faire le code de la porte d'entrée. Je la pousse lentement et entre. Là-haut, la clé est bien sous le paillasson. Je pénètre dans l'appartement. Me fige, quelques secondes, dans le noir. Allume la lumière. Il n'y a plus rien. Plus de corps, plus de traces de sang, plus d'odeur. Comme si j'avais rêvé le meurtre. Je pose mon manteau sur le canapé. Toujours rien. Je fouille tous les recoins, ouvre les placards, cherche une preuve. Une chose qui aurait été oubliée et qui prouverait ma culpabilité. Rien. On a fait le ménage chez moi. Le putain de service de chambre est passé. Je suis heureux, comme un gamin qui aurait fait une connerie et qui par la seule force de la pensée aurait réussi à l'effacer.

Le jeune est dans le bar, au même endroit que la dernière fois. Il me voit arriver et me sourit. Les deux gros bras ne sont pas là, d'autres les ont remplacés à la table. Ils sont tous assis devant un café.

— Ça fait du bien de rentrer à la maison, non ?

J'ai l'impression de devoir la vie à un branleur d'à peine 20 piges.

— C'est propre, hein ? On a bien bossé ?

Un vrai entrepreneur en BTP.

— Je peux te parler deux minutes ?

Il n'a même pas besoin de congédier les types à sa table. Ils ont entendu et se lèvent d'eux-mêmes, paquet de cigarettes à la main, avec la même envie subite d'aller en griller une.

— Assieds-toi. Je t'écoute.

Je prends une chaise.

— Je vais vous payer ce que je vous dois. J'attends de l'argent qui va bientôt tomber. Dès que je l'ai, je le donne à Tarik.

Il secoue la tête, comme pour m'expliquer que j'ai tort.

— T'es pas obligé. On l'a fait pour le patron.

— Je tiens à vous payer. Tu partageras l'oseille avec tes collègues.

— Compte sur moi. Tarik avait raison. T'es un mec réglo.

Je lui tends la main.

— À une prochaine.

— En cas de coup dur, tu sais où on est, hein ? On travaille rapidement et proprement.

— Bonne journée.

Je quitte le bar en espérant de tout mon cœur ne plus jamais avoir à faire appel à ses services.

Je me sens seulement soulagé. Je ne me pose pas plus de questions que ça. Pas de culpabilité, juste heureux d'être à nouveau chez moi, comme si rien de tout cela ne s'était passé. J'ouvre les fenêtres, l'odeur de détergent est encore forte. Je remarque que le tapis a disparu. C'est mieux comme ça, je préfère ne pas avoir le sang d'un inconnu à vie dans mon salon. J'ai envie de faire un grand ménage, de nettoyer à fond l'appartement. Deux heures et une douche plus tard, je m'allonge sur le canapé, en caleçon, avec la dernière bière que j'ai trouvée dans mon frigo.

Mon téléphone vibre – c'est mon père.

— Ça va Idir ?

— Ça va et toi ?

— Oui. Je t'appelle pour savoir si tu voulais venir dîner avec moi chez ta grand-mère ce soir.

— Heu…

— On sera juste tous les deux. Si t'as quelque chose de prévu, ce n'est pas grave, je t'appelle juste pour te proposer.

— Non, non, c'est bon. Je suis libre ce soir. On se retrouve là-bas ?

— Je peux passer te prendre, si tu veux.

— Ça ne te dérange pas ?

— Si je te propose… Sois en bas de chez toi à 20 heures.

Il est à l'heure. Moi aussi. Je monte dans sa Jaguar, gage de réussite sociale. Quand je suis né, il n'avait pas les moyens de s'en payer une.

— Ça me fait bizarre de te voir au volant de cette voiture.
— Pourquoi ?
— Papa, je suis ton fils, tu ne vas pas me la faire à moi ! T'es algérien, t'es pas un lord anglais.
Il se marre. Moi aussi. Mais ça ne dure pas longtemps.
— T'as quoi à la tête ?
— Tu ne vas jamais me croire. Je me suis cogné en entrant dans ma douche, ça s'est ouvert à nouveau.
Je suis étonné qu'il ne me fasse pas de reproches, alors qu'il ne croit sans doute pas un mot de ce que je viens de lui dire.
— Je jetterai un coup d'œil tout à l'heure.

Ma grand-mère nous ouvre la porte. Louche directement sur ma blessure.
— Qu'est-ce que tu t'es fait ?
— Je suis tombé, c'est rien.
— Alors tu as décidé de revenir…
Je souris.
— T'es vexée ?
— Non, jamais de la vie.
— Papa, elle était vexée ?
Je lui adresse un clin d'œil complice.
— Elle était très déçue de ton comportement de la dernière fois.
Elle s'emporte immédiatement.
— N'importe quoi ! C'est juste que je n'aime pas les histoires ! Bon allez, fini les bêtises. Vous êtes en retard, il faut passer à table.
Je ne pense pas connaître de femme aussi forte. Je me demande toujours ce qu'elle ne serait pas

capable d'endurer, elle qui ne sait pas lire, qui a connu une vie fruste de paysanne et un pays en guerre. Elle ne se plaint jamais, si ce n'est des autres, et se bat pour les siens comme d'autres défendent les droits de l'homme.

Il y a de la nourriture pour une bonne dizaine de personnes. Je dois au moins manger pour deux, sous l'œil inquisiteur de ma grand-mère. Mon père est assez détendu. Ça fait longtemps que je ne l'ai pas vu aussi enjoué, surtout en ma présence.

— T'as vu, ton fils, il roule dans une voiture de ministre ? je lui dis, exprès pour la faire réagir. Bientôt, il voudra manger son couscous avec une cuillère en argent.

— Arrête de dire du mal de ton père.

Elle regarde son fils, qui réprime un fou rire, et lui envoie aussi une salve :

— Pffff, t'es vraiment bête. Qu'est-ce que t'as besoin de te faire remarquer avec cette voiture ? reproche-t-elle à mon père, maintenant hilare.

Je ris à mon tour.

— Et toi arrête de te moquer de ton père ! J'arrête de vous inviter tous les deux, vous êtes impossibles ! *Starfallah*... Ils sont si compliqués, toujours à faire des histoires, se plaint-elle.

Mon téléphone vibre, une seule fois, dans la poche de mon jean. C'est un texto. Le message vient d'un numéro inconnu, que j'identifie comme étant celui d'un portable étranger, sûrement une puce belge. Bien qu'écrit dans un mauvais français, je le comprends sans difficulté. Cherif a retrouvé la voiture.

Je quitte la table familiale pour rejoindre Cherif en vitesse. « Le boulot », je prétexte. Mon père, d'un revers de main, fait signe à ma grand-mère de laisser tomber. Décidément, ce soir, il est de mon côté. Je les embrasse et file en courant.

J'arrive à Riquet essoufflé. J'attends cinq bonnes minutes, les mains sur les genoux – à côté de galériens sûrement défoncés au caillou –, avant qu'une voiture s'arrête à ma hauteur. La vitre descend, Cherif est au volant.

— T'attends quoi pour monter ? me lance-t-il.

— Tu changes tout le temps de bagnole, comment tu veux que je m'y retrouve ?

Je monte et la voiture démarre.

— Alors, t'es sûr de toi cette fois ? Parce que la dernière fois, on a juste trouvé un mort.

Je n'ose pas lui parler de la visite que m'a rendue Claude. De ce que j'ai été obligé de lui faire.

— Ta voiture est chez Pareira.

— Chez qui ?

— Un des plus gros revendeurs de voitures volées de la région parisienne.

— Qu'est-ce qu'on attend pour aller la récupérer ?

Il me regarde, l'air désolé.

— Il faut faire une croix dessus.

— Pourquoi ?

— Elle part au Maroc demain. Via Marseille. Un type là-bas l'a achetée.

— Pourquoi on laisserait pas mon client la racheter ?

— Idir, tu te fous de ma gueule ! Pareira va savoir que c'est moi qui l'ai balancé. Je pose des questions sur ta putain de voiture dans tout le milieu. Tu commences à me casser les couilles, tu comprends ? Je suis un voleur, j'ai besoin de ce mec-là. S'il apprend que je lui ai fait un sale coup, je suis mort.

— Arrête…

— Écoute Idir, la voiture, tu ne la reverras plus. Point barre. Explique ça à ton client.

— Je ne peux pas.

— Comment ça ?

— Trouve une solution.

— Tu me menaces ?

— Non. Pas du tout. Je te demande juste de trouver une solution.

— Je n'en ai pas, me répond-il, excédé.

— Moi j'en ai une, je rétorque.

— Alors à quoi tu penses ?

— Ton Pareira, tu sais où il planque ses bagnoles ?

Il hésite une seconde.

— Non.

Menteur. Je sais que tu sais tout sur les mecs avec qui tu bosses. T'es un putain de parano, je te connais par cœur.

— T'es sûr ?

— Putain Idir ! Oui, oui je sais où il les planque. Mais qu'est-ce que ça peut te foutre ?

— Je vais aller lui voler.

— Quoi ?

— Je vais aller lui reprendre la voiture.

Il part dans un petit rire, en secouant la tête.

— T'es dingue…

Il croise mon regard.

— Tu te rends compte que si tu fais ça, tu vas te faire tuer.

— Faut toujours que t'exagères…

Cherif gare la voiture dans le parking d'un immeuble situé avenue de Flandre. Il m'explique qu'il a un appartement ici. Le lieu est sommaire. Un trois pièces, confortablement aménagé – une bonne planque quoi. Je me demande combien il en a des comme ça. Moi qui, chaque mois, galère à payer mon loyer, peut-être qu'il pourrait m'héberger en cas de coup dur.

Il sort deux bières du frigo, les décapsule avec son briquet et m'en tend une. Il disparaît un moment et revient avec une feuille de papier et un stylo. Il pose la feuille sur la table du salon et dessine un rectangle dessus. Il pointe ensuite la mine de son stylo sur son dessin et m'explique :

— Voilà l'entrepôt. À l'entrée, il y a une barrière, avec un poste de contrôle.

— Et sinon ?

— Une alarme. Peut-être qu'il y a un type qui fait des rondes mais ça m'étonnerait.

— C'est tout ?

— Ça te suffit pas ? T'as cru qu'on était dans *Mission impossible* ?

— Ça devrait être facile…

— Tu sais neutraliser une alarme ?

Je le regarde, l'air de rien.

— Non mais toi…

Il me regarde, mauvais.

— Moi quoi ?

— Bah… toi tu sais, non ?

Il secoue la tête.

— Non, Idir…

— Quoi ?

— Non putain ! Je ne viendrai pas avec toi !

— Pourquoi ?

Il pince le haut de son nez avec ses doigts, comme s'il avait la migraine.

— Idir, je vais pas voler un type avec qui je bosse. Un associé dans le business.

— C'est ton ami ?

J'insiste.

— C'est ton ami ou pas ?

— Non. C'est un gros con. Mais il achète mes voitures.

— Si c'est pas un ami, qu'est-ce que t'en as à foutre ? Il ne saura jamais que c'est toi.

J'ajoute :

— En plus si tu dis qu'il est con ça veut dire que tu peux pas le voir… Allez, sans déconner, on redevient mômes le temps d'une nuit. Comme à Belleville quand on était branleurs, moi je fais le guet et…

— Ta gueule !

— On était bien rodés, on…

— Idir, ta gueule !

Je me lève.

— Si tu fais ta difficile, pas de problème. J'irai tout seul. Mais à l'époque tu n'aurais jamais laissé tomber un pote. Tu sais quoi ? Je ne sais même pas pourquoi on est amis toi et moi… Qu'est-ce que tu m'as déjà apporté ? À part des emmerdes ?

— Enculé, me lance-t-il, entre ses dents.

Je fais mine de n'avoir rien entendu.

Cherif reste silencieux, les mains crispées sur le volant de la voiture. Je savais qu'il viendrait. C'est presque trop facile. Mais je ne vais pas le plaindre. S'il m'accompagne, ce n'est pas seulement qu'il a peur pour moi, c'est aussi parce qu'il y trouve son compte.

— Roule pas si vite, on va se faire repérer par les flics, je lui lance.

Il me jette un regard assassin.

— Je déconne, je déconne… C'était une blague.

Il se concentre à nouveau sur la route.

— Il est loin cet entrepôt ?

— Ouvre encore une fois ta bouche sur le trajet et je te jure que tu descends.

Le reste de la route s'effectue en silence. L'entrepôt est près d'Orly, un peu à l'écart de la ville, en zone industrielle. Cherif gare la voiture sur le trottoir, dans une rue déserte, le long d'un haut mur d'enceinte et coupe le moteur.

— L'entrepôt fait tout le pâté de maisons. L'entrée est là-bas, dans la rue perpendiculaire. Il y a une barrière et des vigiles.

— Par où on rentre alors ?

— Par là, me fait-il en pointant le ciel du doigt.

— Tu veux dire qu'on va escalader le mur d'enceinte ? C'est pas toi qui disais qu'on ne la jouerait pas à la Tom Cruise tout à l'heure ?

— T'as une autre solution ?

On descend de la voiture et on referme les portières en silence. Il ouvre le coffre, en sort deux bas de nylon, deux paires de gants de chantier et tout un tas de trucs qu'il fourre dans son manteau sans que je puisse voir ce que c'est. Il me tend les gants et un bas.

— Enfile ça. Une fois à l'intérieur, tu fais ce que je te dis.

Je lui obéis. Mon gros nez est complètement écrasé par le bas et je respire mal. L'impression de bouffer une chaussette.

— Et comment on monte ? T'as une corde ou quelque chose ?

— Le toit de la voiture, il me répond, énervé.

Il passe en premier. On doit avoir l'air con, tous les deux debout en pleine nuit, sur le toit de la bagnole.

Cherif, plus grand et plus léger que moi, n'a besoin que d'une petite impulsion pour s'agripper au mur et se hisser ensuite sur sa tranche. J'essaye de l'imiter mais mes mains viennent racler du vide et je retombe bruyamment sur la carlingue.

Le cul posé au sommet du mur, comme un putain de bonobo qui surveillerait son territoire, Cherif me décoche un regard malfaisant.

— Ça va, t'as volé cette voiture.

— Oui mais je compte bien la revendre. Et avec un toit en bon état, c'est plus facile !

La deuxième tentative est la bonne...

Le mur est assez haut, je sais que la chute sera rude, alors j'étends mes jambes dans le vide, me tourne, jusqu'à ce que mes seules mains maintiennent le reste de mon corps et lâche. Je tombe mal, trébuche, mais ma cheville tient bon. Cherif, pour qui la chute s'est déroulée sans encombre, m'aide à me relever.

— T'es vraiment un cave...

Avant que j'aie le temps de lui expliquer que, quand on a choisi d'être voleur dans la vie, il y a des choses qu'on sait faire mieux que d'autres – comme entrer chez les gens par effraction –, il me dit :

— Maintenant, plus un bruit.

Le flanc de l'entrepôt s'étale sur plusieurs dizaines de mètres. On avance, têtes baissées et dos courbés, dans la nuit, jusqu'à l'angle marquant l'entrée de ce long paquebot de briques et de tôles.

Cherif se fige. Il pointe un doigt vers le poste de garde, derrière la barrière, dans lequel deux hommes sont assis devant un petit poste de télé. Heureusement qu'il y a du foot ce soir. Derrière eux, à une vingtaine de mètres, deux portes coulissantes : l'entrée par laquelle doivent passer les voitures.

— Il y a une porte de service au bout. Reste ici. Je vais l'ouvrir. Quand je te fais signe, rejoins-moi. Ils ne nous voient pas. Par contre ils peuvent nous entendre. Alors marche tranquillement, cours pas comme un connard, me glisse Cherif à l'oreille.

Il longe le mur, le plus lentement possible, sans émettre le moindre bruit. Je le regarde, effrayé, craignant que les deux types le repèrent. Mais non. Cherif parcourt le chemin incognito et se place près de la porte. Il se penche sur la serrure, une trentaine de secondes.

Un court déclic et il me fait signe de le rejoindre. Je fais un pas, me fige. Je crève de trouille. Cherif agite son bras, il doit se demander ce que je fous. Je repense à Julien en train de me frapper au sol. Au mort. Au canon de son flingue. À la peur que tout s'arrête. Au début de trique que j'avais eu. À mes prières de mort, reniées en bloc quand, baignant dans mon urine, je l'avais supplié pour qu'il n'appuie pas sur la détente. Et si ces deux types-là m'entendaient ? Même pas. Seulement, si l'un d'eux arrêtait un instant de regarder son match de foot à la con pour aller griller une clope ou se dégourdir les jambes ? S'il me voyait ? S'il sortait son arme ? Est-ce que je m'agenouillerais à nouveau ?

Je regarde Cherif à quelques mètres de moi, et mes jambes se remettent à fonctionner. Il me tient la porte. Je la franchis avec lui, il la referme sans bruit.

— Putain, me chuchote-t-il. Bouge pas.

Je ne vois rien, du noir à perte de vue. Je vire le bas nylon de mon visage et le range dans la poche de mon jean.

Cherif sort ce que je crois être une bombe de son manteau et la secoue, la bille de métal venant frapper les parois de l'aérosol.

— C'est quoi ?

— De la mousse de polyuréthane.

— De la quoi ?

— Ferme-la et reste ici. Je vais m'occuper de l'alarme.

Cherif se met à marcher le long du mur. Je le perds rapidement de vue. Quelques secondes plus tard, j'entends un « pschitt » percer le silence. Puis Cherif, qui me parle enfin à voix haute.

— C'est bon, je l'ai coupée. Tu peux venir.

Avant d'avoir le temps de lui rappeler que je ne vois rien, le faisceau lumineux d'une lampe torche vient me montrer le chemin. Je le rejoins près d'une longue armoire électrique, au capot ouvert. Lui aussi a retiré le bas de son visage.

— Et les caméras ?

— Il n'y en a pas, me répond-il.

— Comment tu le sais ?

— Je livre des voitures ici. Si je ne remarquais pas ces détails-là, quel genre de pro je serais ?

Je réprime un sourire, en me disant que Cherif savait sûrement qu'il rentrerait un jour ou l'autre ici par effraction. Mais il n'imaginait sûrement pas que ce serait pour moi qu'il le ferait.

— C'est un tocard ton Pareira.

— Il revend des voitures volées. Tu crois vraiment qu'il a besoin d'avoir des enregistrements de tout ce qui se passe ici ? Des vidéos HD pour le proc' ?

— Comment on retrouve la voiture ?

Il cale la lampe torche entre ses dents, le temps de fouiller la poche de son manteau et d'en sortir une autre, qu'il me tend.

— Fais attention à ne pas la braquer trop loin. La tôle est transparente. On pourrait voir la lumière de dehors.

— Cherif, je ne sais pas à quoi elle ressemble.

— Quoi ? T'as pas regardé ?

— J'ai pas Internet. Tu te souviens ?

Il souffle.

— Reste avec moi. Et ne touche à rien. Il y a peut-être des alarmes sur certaines voitures.

Ça me paraît bizarre. Si ce sont des voitures volées, les alarmes devraient être neutralisées. Je me demande si Cherif ne me dis pas ça parce qu'il a peur que je touche à tout, comme un gamin de 10 ans. Dans le doute, je lui fais confiance et le suis au milieu des dizaines de bagnoles luxueuses garées en rang.

— Elle est là.

Il vient promener sa lampe torche dessus. Ça ressemble plus à un engin futuriste qu'à une voiture.

— T'es sûr que c'est ça ? On dirait la Batmobile…

Cherif se retourne. Dans l'obscurité, je ne peux pas déceler parfaitement l'expression de son visage mais elle ne doit pas être très amicale.

— Et si c'était une autre ? je demande, pour me justifier.

— Deux R8, de la même couleur, volées la même semaine ? De toute façon, on n'a pas le temps de tout faire. Ton client veut ce modèle-là, c'est tout.

Cherif fait le tour et s'approche de la vitre conducteur. Je me dis qu'Éric va devoir payer la réparation de sa portière, de sa vitre ou des deux mais Cherif se contente de poser sa main sur la poignée pour ouvrir la voiture.

— Ils l'ont laissée ouverte ?

— Qui irait la voler ? me répond-il en passant derrière le volant.

Je m'installe sur le siège passager. Cherif force une partie située sous le volant, avec une tige de métal rigide. Il sort ensuite un petit boîtier électronique de son manteau et le connecte au réseau de câbles apparaissant maintenant au milieu du tableau de bord.

— C'est quoi ?

— Le truc qui va nous permettre de démarrer le moteur.

Je me demande ce qu'il cache encore de merveilleux dans son manteau noir. Il pianote sur l'écran de son appareil.

— Bon, c'est là que ça devient chaud. Si j'appuie sur ce bouton, l'appareil va me faire démarrer le moteur. Ça prend quelques secondes, comme quelques minutes, on sait jamais. Vu le bruit que fait la bagnole, les types dehors vont nous entendre.

— Donc ?

— Donc, j'ai besoin que tu te tiennes près des grandes portes. Dès que t'entends le moteur s'allumer, tu les ouvres. Moi je te récupère à la sortie et on fonce. T'as compris ?

— Ouais.

— Mais attends bien d'entendre la voiture démarrer. OK ?

Je sors de la voiture et me dirige vers les portes – guidé par mes yeux désormais habitués à l'obscurité. Elles sont fermées de l'intérieur par une tige en métal passée à travers deux cerceaux d'acier soudés. Je dois prendre une décision. Enlever la barre de fer maintenant ou la laisser. Elle est peut-être plus lourde qu'elle en a l'air. Une de ses extrémités risquerait de frapper le sol. Est-ce que le bruit réveillera les deux cerbères ? Sans même penser aux portes. Je pars du principe qu'elles s'ouvriront facilement. Mais celle du garage de mon père a les gonds rouillés et il faut la pousser de toutes ses forces pour la faire coulisser. Beaucoup de questions. Aucune décision. Jusqu'au moment où j'entends le moteur rugir. Je tire la barre de fer, entends les pneus crisser. La porte est encore plus lourde que ce que j'imaginais, jamais j'aurai le temps d'ouvrir la deuxième.

— Monte ! Ça passe.

Je me précipite dans la voiture. Il redémarre. J'ai l'impression que ça ne passera pas. La carlingue fait des étincelles, les deux rétros sont sciés net par les murs de crépi, mais la voiture franchit la porte. Dehors, on retrouve les deux types, ébahis. Cherif enclenche une vitesse, et leur fonce dessus. Ils se jettent à terre pour nous éviter. La barrière éclate, la voiture dérive sur la gauche. Cherif donne un grand coup de volant, tire légèrement le frein à main et redresse l'avant de la voiture, qui évite de quelques centimètres un poteau électrique. Ma vision de la rue se rétrécit, on flirte déjà avec les 90 kilomètres heure. Dans le rétro intérieur, des pleins phares viennent nous éblouir.

— Ils nous suivent !

— Si on atteint le périph', on est sauvés, me dit Cherif.

Il éteint les phares et accélère à nouveau, me donnant un peu plus la sensation d'être dans un vaisseau spatial qui flotte dans une galaxie noire – sans qu'on puisse voir à plus de deux mètres devant. On aboutit rapidement sur le périph'. Là, je comprends pourquoi Cherif voulait absolument atteindre une aire dégagée. La puissance du moteur laisse très vite nos poursuivants sur place.

— Je te l'avais dit, me lance Cherif avec un petit sourire complice.

Je me demande de quoi on a l'air, à rouler dans Paris un samedi soir au volant d'une voiture de luxe, sans rétros et aux portières complètement défoncées. Sûrement de voleurs – ce que nous sommes, après tout.

— Bon, qu'est-ce qu'on fait maintenant ? me demande-t-il.

— Je vais voir si on peut livrer la voiture ce soir.

Je sors mon téléphone et appelle le numéro qu'Éric m'a donné pour le contacter en cas de besoin. Un homme décroche.

— J'ai la voiture.

— Elle est où ?

Sa voix, brouillée. Comme s'il parlait à l'aide d'un électrolarynx.

— Je suis dedans, en plein Paris. Je vous la dépose où ?

Le type m'indique un chemin, ne prend pas la peine de le répéter et raccroche.

Je me retourne vers Cherif, toujours concentré sur sa conduite.

— Tu connais bien Paris ?

Il incline légèrement la tête.

— Ça peut aller.

— Tant mieux, parce que je n'ai pas compris grand-chose. Il a dit qu'il viendrait nous chercher porte d'Auteuil.

On continue de rouler dans Paris, sous le regard des passants et des autres automobilistes, émerveillés par la voiture et étonnés par son mauvais état.

C'est un miracle qu'on ne croise pas de voitures de police alors qu'on s'engage sur les grands axes. Le Trocadéro et toujours plus à l'ouest. Les rues du XVIe sont désertes et je suis persuadé que le bruit du moteur réveille les habitants des grands appartements, même planqués derrière leurs doubles vitrages.

On arrive au niveau de la porte d'Auteuil.

— Fais le tour, je vais les appeler, je dis à Cherif en sortant mon portable.

Ça sonne à peine. La même voix, dans laquelle je décèle maintenant un léger accent étranger, malgré le brouillage, me répond :

— Je te vois. Gare-toi derrière la BMW.

Une nouvelle fois ça raccroche.

— Il m'a dit de me garer derrière la BM. Tu vois une BM ?

Cherif me fait signe de regarder devant moi. Il y a en effet une bagnole de l'autre côté, garée en double file, avec les warnings, juste avant l'entrée du périph'.

— OK, gare-toi derrière.

Cherif obéit et vient coller la voiture à l'arrière de la BM.

— Et maintenant ? On reste là comme des cons jusqu'à ce qu'une patrouille passe ? me demande Cherif.

J'ouvre la portière, prêt à descendre. Mon téléphone sonne.

— T'es seul ?

— Non, je réponds, le plus simplement du monde.

— On t'avait dit de venir seul.

Ce petit cache-cache commence à me fatiguer.

— Je suis venu avec le type qui bosse avec moi. Sans lui, je n'aurais pas la voiture. Et il me semble que c'est ça que vous êtes venus récupérer. Alors, on va rester là pendant longtemps ou quoi ?

— Coupe le moteur.

— Quoi ?

— Coupe le moteur.

Je fais signe à Cherif. L'épuisant vrombissement s'arrête.

— Maintenant laissez les clés sur le contact et rentrez chez vous.

Je raccroche et regarde Cherif.

— Il veut qu'on sorte de la voiture.

— Pourquoi ce serait pas eux qui sortiraient ? C'est eux qui la veulent, cette putain de voiture.

— Fais pas d'histoires.

On obéit. La portière passager de la BM s'ouvre. Un type en bombers en descend. Ce qui me frappe, avant même sa carrure ou sa taille, c'est son visage. Parce qu'il n'en a pas. Ou plutôt, il en a un mais on ne le voit pas. Il porte une cagoule. Je ne suis pas aussi familier de la voyoucratie que le sont mes amis d'enfance, mais je connais quand même quelques-uns de ses codes. Et quand un type sort cagoulé en pleine nuit, ça veut dire quelque chose. Ce qui me semble totalement disproportionné pour ce qu'il vient chercher. On fait ça quand on réceptionne une cargaison de coke, pas pour récupérer une voiture alors qu'on est sûrs de ne pas être filochés. Cherif doit avoir le même sentiment que moi.

— Idir, c'est quoi cette embrouille ?

Le type s'approche de nous, sans le moindre mot. Il compte sans doute s'installer au volant de la voiture et démarrer – je suis sûr qu'aucun de nous deux ne l'en empêchera. À ce moment-là, la soirée peut encore bien se finir. On a même le temps d'aller siroter un mojito, tranquilles, vers République avant de retrouver nos lits. C'est sans compter sur la voiture banalisée – gyro sur le tableau de bord – qui passe, au ralenti, près de nous. Les policiers qui se retrouvent face à deux types basanés et un troisième cagoulé, arrêtés en plein milieu de la route près d'une voiture de luxe à la carrosserie très abîmée, doivent se demander si c'est une caméra cachée ou si on est vraiment des amateurs.

Le reste est plutôt rapide. Le type cagoulé est enfouraillé. Il dégage une arme automatique de sa ceinture aussi vite que le ferait un militaire entraîné et fait feu sur la voiture de condés. Le capot se couvre d'étincelles. Cherif commence à cavaler, je le suis. On traverse la route à toute vitesse. Derrière nous d'autres coups de feu. Puis le bruit de moteurs. Les deux voitures nous doublent, celle qu'on a ramenée et la leur, nous laissant seuls, pourchassés par les flics.

Courir, à fond. Je ne connais pas le quartier. Je ne sais pas où on est. J'entends seulement les sirènes. Cherif s'engouffre dans une bouche de métro. Je me dis que c'est une mauvaise idée mais je le suis.

— Cache ton visage, pour les caméras ! me crie-t-il quand nous descendons les marches en trombe.

Il rabat sa capuche, je lève le col de ma veste. On arrive lancés au niveau des tourniquets. Ça fait des années que je n'en ai pas sauté un. Ma jambe cogne un peu contre la portière, je prends un coup sur la rotule. Le bruit d'un métro qui arrive en station. Un escalier à gauche, un escalier à droite, une chance sur deux. Cherif m'évite de choisir en dévalant celui de gauche. La sonnerie que j'ai entendue toute ma vie. Un bout de mon manteau qui se coince dans les portières mais c'est bon. On est dedans. C'est bondé, c'est samedi soir et tout le monde nous dévisage – on regarde toujours les deux cons essoufflés qui ont eu leur métro à l'ultime seconde. Mais les portes ne se ferment pas. Cherif risque un coup d'œil par la vitre. Il voit des flics descendre les escaliers.

— Au fond, vite.

On bouscule les gens pour nous frayer un chemin. Deux flics entrent dans le wagon et essayent de nous y repérer. Le dernier reste sur le quai et hurle au conducteur d'arrêter le train. Il n'a pas d'uniforme. Le conducteur doit se dire que c'est un taré. Il prend peut-être peur en le voyant courir comme un fou vers sa cabine. Alors il redémarre. La sonnerie retentit et le métro part, avec dans le même wagon, Cherif, moi et les deux flics qui réclament du renfort par radio pour leur arrivée en station.

— À la prochaine on dégage. Sinon on est morts, me chuchote Cherif.

Je compte les secondes dans ma tête jusqu'à ce que le métro ralentisse et que le quai de la station apparaisse. Je vois la main de Cherif s'approcher de la porte. Je regarde mes pompes. La porte s'ouvre. Cherif part le premier. J'entends crier derrière nous.

— Arrête-toi ! Bouge pas !

Je me dis qu'ils ne me tireront pas dans le dos. J'accélère, sans me retourner, et attaque la montée des marches, derrière Cherif.

Puis la rue. L'impression qu'on leur a mis quelques mètres dans la vue. Que mes poumons vont exploser, aussi. Cherif tend le bras vers un groupe de jeunes qui attend en bas d'un immeuble. De la musique à l'étage. Une soirée, dans un bel appartement.

— Viens, viens, viens !

Il fonce vers le groupe qui rentre dans l'immeuble sans nous voir. La porte se referme. Cherif arrive lancé, le pied en avant, et chasse le loquet de la serrure. La porte vient s'éclater contre le mur et je m'engouffre derrière lui dans l'immeuble, avant qu'il ne la referme.

Cherif reprend son souffle, les mains sur les genoux. Me regarde, furieux. Je lève la main en signe de paix.

— Je suis désolé. Il n'y avait aucune raison pour que ça se passe comme ça.

Cherif me fait signe de me taire et colle son oreille contre la porte.

— Ils sont là ?

— J'en sais rien. J'entends rien avec le son.

Il se laisse tomber le long du mur.

— Putain, on est bloqués là. Merde.

Je monte l'escalier, guidé par le son.

— Qu'est-ce que tu fous putain ?

— Je vais à la soirée.

— Quoi ?

— Qu'est-ce qu'il va se passer si un voisin rentre et nous trouve là ?

L'appartement n'est pas difficile à trouver. Le son est à fond. On sonne à la porte, plusieurs fois. Cherif me met une petite claque sur la joue et serre mon menton dans sa main, ses yeux rouges dans les miens.

— Si les flics viennent pour tapage nocturne et qu'ils...

La porte s'ouvre. Une fille d'une vingtaine d'années, trop grosse pour paraître à l'aise dans sa robe fourreau noire, nous ouvre. Elle a une coupe de champagne à la main.

— On vient de la part de...

— Allez, venez boire un verre, nous invite-t-elle sans poser la moindre question.

On entre dans l'appartement, derrière elle. Il fait trop sombre pour qu'elle remarque la balafre sur mon crâne.

— Comment vous vous appelez ? me demande-t-elle, en jetant un bref coup d'œil derrière elle.

— Heu... lui c'est Jean et moi, Alain.

Je me retourne vers Cherif qui hoche la tête comme un petit enfant. La fille éclate de rire, renversant une partie de son champagne par terre.

— Enchantée. Moi c'est Chloé.

On arrive au bout du couloir. Elle entre en se dandinant dans une immense pièce avec du parquet, qui souffre sous l'impulsion de tous ces talons crissant au rythme d'une violente musique électro.

— Au moins, il y a des jolies filles, je tente de plaisanter.

Cherif ne répond pas et me fixe, la mâchoire en action, comme s'il mastiquait un chewing-gum imaginaire. Puis il traverse la pièce en bousculant les gens sur son passage.

— Tu vas où ? je lui crie à l'oreille, pour couvrir la musique.

— Boire un coup, j'en ai besoin...

On traverse plusieurs pièces, d'immenses salons où sont répartis les invités. Ils sont tous bien sapés. Ils dansent, errent défoncés dans les couloirs, s'embrassent, voire plus, dans les coins. Le bar est un vrai bar, derrière lequel un type officie. C'est la première fois que je vois ça. Putain, dire qu'aucun des types ici ne doit avoir plus de 25 ans.

— Qu'est-ce que je vous sers, messieurs ? nous demande le type qui joue le rôle du barman.

Je me demande si Cherif va éclater de rire ou lui en foutre une. Il opte pour une troisième option. Il commande un verre.

— Je veux un gros whisky. Un truc qui ressemble à un verre de Coca.

L'autre le regarde bizarrement. Lui sort un verre. Commence à le remplir. Cherif lui prend le poignet et l'empêche de redresser la bouteille, jusqu'à ce que le verre soit presque plein.

— Voilà, c'est bien mon grand.

Il prend le verre. Le barman nous dévisage à nouveau et quitte la pièce. Cherif, les nerfs encore secoués, descend son whisky comme si c'était de l'eau. Ça me fait envie et j'attrape une bouteille sur le bar pour l'attaquer directement au goulot.

— J'en ai fait des plans de merde. Mais là, je pense que ce soir, j'ai touché le ciel.

— Je suis désolé mon gros.

— Bois ton sky et tais-toi, putain.

Le barman revient, accompagné d'un autre branleur qui a la même tête de mannequin à mèche que lui. Je me demande comment on peut être aussi maigre sans coupe-faim ou autre saloperie du genre.

— Vous êtes qui ?

Il n'a pas l'air content de nous voir. J'essaye de justifier la présence de nos sales gueules à ce qui ressemble à une soirée aussi privée que mondaine.

— On est des potes de…

— Vous venez de la part de qui ?

— On est venus avec heu… Chloé. Avec Chloé.

— Et toi, t'es qui ? lui demande Cherif en le dévisageant.

— Le propriétaire de l'appartement, répond l'autre sur un ton suffisant. Et je ne connais pas de Chloé.

Cherif se montre, d'un coup, plus souriant.

— Mais si, viens voir.

Il le tire par la manche, l'autre retire son bras.

— Mais viens je te dis, elle est là-bas. C'est elle qui nous a amenés.

Cherif avance vers une autre pièce de l'appartement, à la recherche de la fille de tout à l'heure. L'autre le suit.

— Non, pas là !

Trop tard, Cherif vient d'entrer dans une immense chambre.

— Ah merde, je croyais qu'elle était là.

Nous voilà tous les trois isolés. Le maître des lieux commence à en avoir marre.

— Bon messieurs, vous finissez vos verres et vous vous tirez, sinon j'appelle la police.

Naïvement, il croit avoir réussi sa sortie. Il nous tourne le dos pour retourner dans le salon. Grossière erreur. Je vois la main de Cherif se précipiter vers sa nuque et, d'un simple mouvement de bascule, lui envoyer le front s'écraser contre le chambranle de la porte qu'il était en train d'ouvrir. Le type s'effondre, K-O sur le coup.

— Il commençait à me casser les couilles... Aide-moi.

Cherif le tire par un pied, sur le parquet. Je prends l'autre.

— On va le foutre sous le lit, qu'il fasse sa sieste tranquille et que personne ne le remarque.

On le planque sous un lit à baldaquin.

— Tu ne l'as pas loupé.

— Ta gueule, c'est à cause de toi qu'on est là.

— On fait quoi maintenant ?

— Maintenant on attend le premier métro pour se barrer.

Affalés dans un canapé sombre, à se faire tourner la bouteille de whisky raflée au bar. Devant tous ces gens qui font la fête. Avec la musique à fond. Sans échanger un mot. Je me demande pourquoi je suis si mauvais. Comme si tout ce que je touchais se transformait toujours en putain de sac de nœuds. Je commence à être bourré, ce qui n'arrange rien et me rend bavard.

— J'ai retrouvé Claude.

— Quoi ?

La musique couvre ma voix.

— J'ai retrouvé Claude. À moins que ça ne soit Stéphane... Bref, le frère du type qu'on a trouvé mort. Enfin, c'est plutôt lui qui m'a retrouvé.

— Qu'est-ce que tu racontes ? Arrête de boire.

— Il m'a braqué chez moi quand on est rentrés de Bagnolet. Il m'a collé son flingue dans la bouche... Je me suis pissé dessus, je l'ai supplié.

Je déglutis, une larme vient rouler sur ma joue sans que je l'aie sentie venir.

— Je l'ai tué.

— Quoi ?

— Je l'ai tué ce fils de pute. J'ai payé une équipe qui roule pour Tarik pour faire le ménage.

Cherif prend ma tête entre ses mains.

— Chut...

— Je l'ai tué putain. C'est... C'est... Je ne voulais pas ça. Je voulais avoir le choix.

Les autres mots je ne les comprends même plus, Cherif me murmure des choses à l'oreille, rassure un enfant qui vient de faire un cauchemar.

On quitte l'appartement avec les derniers fêtards, vers 6 heures du matin. La plupart d'entre eux vont, d'après ce que je comprends, continuer la nuit dans un club privé à Wagram. On partage un taxi avec un type qui habite près de l'Opéra. Arrivés là-bas, on marche un peu, pour se retrouver en terrasse, à apprécier en silence un café et un croissant, les yeux plissés, éblouis par le jour blafard.

— C'est une sacrée saloperie ton histoire, me balance Cherif, d'une voix fatiguée, qui n'espère pas de réponse.

Il trempe ses lèvres dans le café.

— Je crois que j'ai été naïf. Le type qui m'emploie est réglo alors…

— Un mec qui emploie des types habillés comme des paramilitaires et qui allument des flics ? C'est bien que tu révises ton jugement.

— Il m'a juste demandé de retrouver sa voiture.

— Oui enfin, en courant après sa voiture, on retrouve un mort, son frère qui essaye de te faire chez toi et un putain de géant cagoulé qui tire comme à la parade.

— Tu ne te rends pas compte mais ce type, il te parle comme toi tu me parlerais, tu comprends.

— Peut-être. Mais il te baise comme moi je ne te baiserais jamais. Garde ça dans un coin de ton crâne la prochaine fois que tu le verras.

6

Après quelques heures d'un sale sommeil arraché au jour, je décide de me rendre directement au bureau d'Éric, sans chercher à le joindre avant. L'impression de marcher au ralenti, dans un immense décor de cinéma, au milieu des gens qui s'activent. Encore épuisé par la nuit passée, je lutte pour ne pas m'endormir sur la banquette du métro. Je manque de louper la station, descends sur les Champs. Quelques minutes plus tard, je suis devant sa secrétaire – le genre de fille qu'on ne trouve même plus jolie, malgré un physique plus qu'avantageux. À voir ses lèvres se retrousser lorsque vous lui adressez la parole, on sait qu'elle vous cracherait volontiers dans la bouche si vous lui demandiez de l'eau. Je lui explique que je viens voir Éric Vernay. Elle me répond, sans décrocher les yeux de l'écran de son ordinateur, qu'il est en rendez-vous. Je lui dis que je m'en fous. Elle prend son téléphone et passe le message. Puis m'indique, d'un index mollement tendu, le canapé brillant qui semble avoir été acheté la veille, situé en face d'elle.

J'ai à peine le temps de m'asseoir qu'Éric sort en trombe de son bureau.

— Bonjour Idir.

Toujours ce même flegme, cette façon de donner l'impression que tout va pour le mieux. Qu'on traite de problèmes normaux, entre gens biens.

— Beau travail. Tu viens chercher ton argent ?

Il doit voir à ma tête que je veux sans doute un peu plus.

— Il y a un problème ?

— Je peux vous parler, une minute ?

Il me fait signe de le suivre et ouvre la porte d'une salle de réunion.

— Je t'écoute, me dit-il, sans prendre la peine de s'asseoir. Mais fais vite, je suis en rendez-vous.

— Qui est-ce qui a récupéré la voiture ?

Il sourit.

— Je ne pense pas que ça te regarde.

— J'estime que si.

— Ça ne rentre pas dans le cadre de ton travail.

— Me retrouver au milieu d'une fusillade avec la police non plus !

— C'était un imprévu. Ça fait partie des risques.

— Non, non, non. L'imprévu c'est de tomber sur une bagnole de flics. L'imprévu c'est une course-poursuite. Une arrestation. Une peine de prison si on a la poisse, à la rigueur. Mais on ne tire jamais sur des flics. Encore moins pour une putain de voiture !

Éric garde son calme.

— Je vais te dédommager.

— Ce n'est pas la question.

— Alors qu'est-ce que c'est ? Tu crois que tu peux me donner des leçons de morale ? Quand on choisit des gens pour faire ce genre de boulot, on ne les recrute pas sur CV. Alors, si je suis responsable de mes gars, je le suis jusqu'à un certain point seulement. Mais je les soutiens.

Je ferme ma gueule, sonné par sa phrase.

— J'ai préparé ton règlement. En liquide. Je te fais cadeau des réparations à effectuer sur le véhicule.

Il fait un signe de la main à sa secrétaire qui pivote sur elle-même et ouvre un placard. Elle en sort un gros bagage en cuir qu'elle pose sur son bureau. Éric me met une tape sur l'épaule.

— Voilà, l'argent est à l'intérieur. Ça a été un plaisir de travailler avec toi… Tu peux garder le sac, c'est cadeau.

— C'est tout ce qu'il t'a dit ? me demande Cherif.

Autour d'un thé à la menthe, dans un café de Ménilmontant, je lui raconte notre entrevue.

— Ouais.

— Et tu ne trouves pas ça bizarre ?

Je hausse les épaules.

— Soit t'es vraiment tordu, soit tu me caches quelque chose. Après tout, je m'en fous.

Il se lève, l'air vanné.

— Cherif, attends… Merci pour tout.

— De rien.

— J'aimerais qu'on partage l'argent. Les 30 000 euros.

— Quoi ?

— Tu m'as très bien entendu, j'aimerais qu'on partage.

— Garde-le Idir, je gagne suffisamment bien ma vie.

— On ne sait jamais. Mets-le au moins de côté pour payer un baveux si la roue tourne dans le mauvais sens.

— OK, OK. C'est gentil de ta part. Mais ne me porte pas l'œil s'il te plaît. La seule chose que je devrais faire pour éviter de me faire serrer, c'est de moins te voir. Traîner avec toi, ça craint plus que d'arracher un féfé au Troca un samedi après-midi.

— Je te fais un chèque.

— Idir, regarde-moi. Est-ce que j'ai une tête à accepter les chèques ?

Je souris et lui remets le sac contenant la partie en liquide.

— Je te charrie. Tiens. Il y a la part pour le gamin de Bagnolet dedans.

Il regarde le sac plastique.

— Tu peux recompter si tu veux.

— Non.

— Hey Cherif ?

— Quoi ?

— C'était une putain de soirée, hein ?

— Va te faire foutre !

— On remet ça la semaine prochaine, pour ton anniversaire.

Il me balance un sourire, aussi vicelard que surpris.

— Alors t'as pas oublié ? J'ai loué un bar mais comme je croyais que t'y pensais pas, je ne t'ai pas invité.

— T'es une vraie salope…

Il se marre.

— Allez, ciao.

Je le regarde partir. Je sais que la virée l'a fait bander. Putain de tordu. Je passe finir ma tournée des grands-ducs en remettant le reste des billets à Tarik. Il m'assure qu'il le donnera aux gamins qui se sont occupés du corps. J'ai dépensé tout l'argent d'Éric. Il ne me reste plus rien.

Mon téléphone sonne pendant que je monte l'escalier de mon immeuble. C'est Nat'. Elle m'explique qu'elle est dans le coin et me demande si elle peut venir me déposer les cassettes. Je lui dis de passer à la maison. Cinq minutes plus tard, elle sonne à ma porte.

— Ah. Tu t'es coupé les cheveux, ça te va bien.

Je sais qu'elle ne pense pas ce qu'elle vient de dire.

— Merci, entre, je t'en prie.

Elle entre dans l'appartement, je ferme la porte derrière elle. Je vois aux sillons creusés sous ses yeux qu'elle a pleuré, mais je ne dis rien.

— Assieds-toi, assieds-toi. Tu veux boire quelque chose ?

— Oui, je veux bien.

Je me dirige dans la cuisine et me rends compte qu'elle est assise dans mon salon. Je me demande si elle sent la mort, encore tapie dans les coins. Si elle tombe sur un bout de cervelle incrusté dans la moquette, que j'ai oublié d'enlever, qu'est-ce qu'elle pensera ? Que j'ai mal fait le ménage après avoir bouffé devant ma télé ? Elle sort les cassettes de son sac et les dépose sur la table.

— Voilà, je te ramène tout. Je les ai écoutées attentivement et...

Je la coupe.

— Heu... Nat'... T'as mangé ou pas ?

— Non.
— Ça te dit d'aller dîner dehors ?
Je vois qu'elle hésite.
— On parlera de ça là-bas. Allez, viens, ça me fait plaisir en plus. Tu ne viens jamais dans le quartier.
On se retrouve tous les deux, dans la rue.
— Je connais un restau sympa plus haut.
On entame la marche jusqu'à Montmartre. Les rues sont pleines. Un joyeux bordel qu'elle semble apprécier.
— Ça te change de ton quartier, hein ? Je suis sûr qu'il n'y a pas autant de passages en un an dans ta rue.
Elle sourit et me regarde.
— Ne te moque pas de moi. Je vivais pas loin d'ici quand j'étais étudiante.
— Ah ouais ?
— J'habitais en bas, vers Poissonnière.
Je ne me souvenais pas de ça. Sans doute ne l'avais-je jamais su.
— C'est pas vrai ?
Elle me sourit.
— Bien sûr. J'ai grandi dans l'Essonne. Je suis venue ici après mon bac, pour les études. Mes parents n'avaient pas d'argent pour me payer un appart', alors j'avais trouvé une chambre de bonne minuscule. Un truc atroce mais j'étais heureuse. Ne plus avoir à prendre le train pour venir à Paris, quel pied !
En fait, je sais pourquoi je ne le savais pas. Parce qu'à l'époque elle mentait. Elle faisait semblant, taisait le nom du coin perdu d'où elle venait. Elle avait dû se faire dépuceler par un tocard qui

portait des survêts et vendait des barrettes à la gare de sa ville. Qui avait peut-être fait, en vieillissant, un peu de prison. Qui, à coup sûr, avait aujourd'hui une vie de merde. Et moi qui la voyais comme une fille inaccessible…

— Tu cachais bien ton jeu. J'étais persuadé que t'étais fille de ministre.

Elle lève sa main comme si elle allait me frapper :

— Arrête de me charrier !

Je ne l'emmène pas tout en haut de la butte, trop facile. C'est là qu'un étudiant parisien emmènerait une Hollandaise qui se trouverait dans sa fac pour un semestre. On s'arrête à mi-chemin, dans un restaurant népalais. Je trouve ça bizarre de faire ce genre de calculs alors que c'est mon amie depuis des années. Et la femme de mon meilleur pote.

Le restaurant est désert. Elle choisit une petite table au fond. Une fois la commande passée et le vin servi, je lui parle de l'affaire.

— Je suis persuadé que le gamin s'est tiré. Rien de grave. Il va revenir.

— Je n'en suis pas sûr, me répond-elle.

— Comment ça ?

— Il est très lucide sur sa condition, ce n'est pas un branleur qui se cherche. Il sait qui il est, ce qu'il veut… et ce qu'il vaut. Il veut une solution à long terme. Se tirer un temps serait puéril. Il le sait. Et il est trop courageux pour fuir.

Elle finit sa phrase. Silence de quelques secondes.

— Nat', qu'est-ce qui se passe ?

Elle souffle.

— Rien, rien.

— Arrête, t'étais pas bien en débarquant chez moi. Qu'est-ce qu'il y a ?

— C'est Thomas. C'est toujours Thomas. Et d'après lui, c'est moi.

Je souris. Elle me lance un regard assassin.

— Excuse-moi... Mais ça a toujours été le cas. Depuis qu'on se connaît tous les trois. Ça fait plus de dix ans. Et je pense que ça marche comme ça.

— Je ne suis pas sûre de te suivre.

— De toute la promo, vous étiez faits pour finir ensemble... Un peu le roi et la reine si tu veux. Et tu sais quoi ? Je crois que même sans ton aventure avec Oscar, il aurait quand même été jaloux de manière maladive. Et tu le savais avant de te marier avec lui.

— Je le déteste.

— Mais non...

— Idir, tu n'as pas idée...

— Tu dis ça parce qu'en ce moment c'est compliqué, parce qu'il croit...

— C'est une ordure !

Elle a haussé le ton et se retourne. Mais le restaurant est toujours vide et le français des serveurs aussi approximatif. Elle vient chasser ses cheveux bruns derrière ses oreilles, gênée.

— Tu... Tu veux partir ? je lui demande, n'étant plus sûr de suivre le fil de la conversation.

Elle me regarde en fronçant les sourcils.

— Partir ? En vacances ?

— Non, quitter Thomas.

— Peut-être, me répond-elle, sans sembler y croire elle-même.

— Excuse-moi, mais je ne comprends pas bien là. Que tu traverses une mauvaise passe, d'accord. Je veux bien écouter ce que t'as à dire. Mais si tu veux que je dise du mal de Thomas avec toi, alors là je ne marche pas. Je ne te juge pas. De même que je ne le juge pas. Malgré tout, il reste mon pote.

— Pourquoi est-ce que tu tiens tant à lui ? Sans lui tu aurais continué tes études…

— Stop…

— Tu n'aurais jamais fait de prison.

— Stop ! Thomas ne m'a forcé à rien. Il m'a juste fait une proposition. Et si j'ai été assez con pour l'accepter, c'est de ma faute. C'est de ma faute si je voulais prouver au monde que j'étais un dur. Et j'ai compris ma connerie rapidement. Une fois en maison d'arrêt.

Le serveur interrompt notre conversation en apportant les plats. Ce n'est pas plus mal car je déteste me souvenir de cette période. J'en profite pour descendre mon verre de vin d'un trait et m'en resservir un. Nathalie, comme si de rien n'était, plonge sa fourchette dans son assiette et la porte à ses lèvres.

— C'est délicieux…

— Content que ça te plaise.

— Merci de m'avoir emmenée ici. J'avais vraiment besoin qu'on me sorte.

— Ça me fait plaisir. On ne se voit pas souvent.

— Qu'est-ce que tu penses que dirait Thomas s'il nous voyait, là ?

— Rien, je réponds avant de goûter mon plat.

— Rien ?

— Rien du tout. Il a une confiance absolue en moi.

— Et pas en moi, c'est ça ?

Je hausse les épaules et continue de manger. On finit par éclater de rire tous les deux.

— Je pense que, de toute la promo, t'es le seul type qui n'a jamais essayé de me draguer. Je me souviens, ça en devenait vexant. Pourquoi ?

— C'est quoi cet interrogatoire ?

Elle se marre mais insiste.

— Pourquoi ? Allez, réponds.

— T'es pas mon genre.

— Menteur, tu me regardais, comme tous les autres !

On rit à nouveau. Puis les rires s'éteignent et elle s'entête.

— Pourquoi ?

— Je ne sais pas, tu sortais avec mon meilleur ami, je...

— Ne me raconte pas de conneries, me dit-elle en rapprochant son visage du mien, comme si elle allait finir par se pencher sur la table pour m'embrasser.

Elle est trop intelligente et trop sûre de sa beauté pour gober mes salades.

— Je savais que je ne t'aurais jamais. Et j'aurais préféré crever plutôt que de montrer que tu m'excitais. C'était ma fierté. Jamais je n'aurais laissé personne y toucher. Surtout pas toi.

Elle ne paraît pas surprise de ma réponse, comme si elle s'en doutait.

— Ma première question en entraîne donc une autre.

— Vas-y.

— Idir, quand tu as cassé la gueule à Oscar, pourquoi tu l'as fait ?

— Excuse-moi, mais je ne vois pas le rapport.

Elle me fait un signe de la tête et je comprends que je dois répondre malgré tout.

— Je te l'ai dit, pour prouver que j'étais un dur, pour me faire accepter, pour l'argent, aussi.

— Pas de rapport avec moi ?

— Non, aucun.

— Tu me le jures.

Je la regarde dans les yeux.

— Oui.

Elle sait que je viens de lui mentir. Si je l'ai fait, c'est aussi parce que j'avais envie d'elle et que j'étais jaloux de Thomas et d'Oscar, qui, eux, pouvaient la baiser quand moi, je me contentais de rêver de l'avoir, un instant, pour moi et moi seul.

J'insiste pour régler l'addition. On retrouve la rue. Le froid est tombé sur Paris, l'été indien n'aura pas duré longtemps. Elle frissonne. Je le remarque et lui dis :

— On va essayer de te trouver un taxi rapidement.

— Tu veux rentrer chez toi ? Tu en as marre de moi ?

— Non, mais...

— J'aurais bien bu un verre, me dit-elle.

On marche jusqu'à un bar branché du quartier. Il ne reste plus une table de libre. On s'installe au bar et on commande deux bières.

— Il y a du monde, note Nathalie.

— Il y a toujours du monde ici, sors de ton donjon un peu, viens plus souvent t'encanailler avec nous.

On se marre, on discute un peu avec les types qui attendent au bar, le bras levé, que le barman prenne leur commande. Même elle, largement plus belle que toutes les bobos que peut compter l'endroit, a du mal à commander la deuxième tournée de bière. Je souris en haussant les épaules en signe d'impuissance. C'est comme ça à Paris. Le barman est une rockstar, il vous calcule lorsqu'il en a envie, conscient du pouvoir qu'il a.

On finit par avoir à nouveau de l'alcool dans nos verres et je dois dire que cette soirée à boire des mousses avec Nat', dans un bar rempli d'étudiants, doit être la meilleure de l'année. Ça veut dire soit que j'aime les plaisirs simples, soit que j'ai une vie de merde. Mais je fais semblant de ne pas connaître la réponse et laisse la question en suspens.

— Idir, tu t'endors ?

— Non, non, je pensais.

— À quoi ?

— Je sais pas, à nos vies, nos parcours depuis qu'on a arrêté les études. Enfin bon, moi, c'est un peu différent, ma trajectoire a été quelque peu… modifiée.

— Je ne pense pas, me dit-elle, sûre d'elle, comme si elle m'avait depuis longtemps parfaitement cerné.

Elle poursuit :

— Je savais que tu ne finirais pas ces études parce qu'elles n'étaient pas faites pour toi. On voyait que tu cherchais quelque chose, que tu étais mal à l'aise, pas à ta place avec nous. Mais je n'ai jamais su ce qui clochait. Ce que tu voulais réellement dans la vie. Ce que tu aurais aimé faire.

Je bois ma bière en l'écoutant. Ce qui ne devait être, au début, qu'une simple gorgée se transforme en un cul sec révélateur, avant l'aveu :

— Je n'aime rien faire. J'ai cherché pourtant. Mais c'est la vérité. Je ne veux pas de patron. Je ne veux pas être mon propre patron. Je ne suis pas courageux. Je n'ai aucun talent. Je ne veux pas d'enfant. C'est tout. Rien de plus. Au bout d'un moment, c'est assez simple. Si tu n'as pas trouvé la réponse, c'est qu'il n'y en a pas.

— C'est dommage.

— Pourquoi ? C'est dommage quand on a fait des calculs. Mais ce n'est pas mon cas. J'ai toujours su que je ne serais jamais une star de cinéma.

— Enfin, c'est triste.

— Non. Tu veux que je te dise ce qui est triste ? C'est quand on a cru à des choses, quand on a misé sur un homme qui s'est révélé être le mauvais cheval, quand on a voulu une carrière et qu'on se retrouve avec un type qui gagne sa vie en faisant les poubelles des gens, à refaire le monde autour d'une bière un soir de la semaine. Ce qui est triste, c'est de se dire qu'on s'est planté sur toute la ligne et qu'on va le payer tout le reste de sa vie.

Les larmes grossissent au bord de ses paupières. Elle essaye de sourire pour faire passer le malaise. Elle doit savoir qu'elle n'y arrivera pas. Alors, sans un mot, elle quitte le bar, en trombe. Je la laisse partir, bois une dernière gorgée de bière. Le temps de me rendre compte de ma connerie et de me précipiter derrière elle.

Sorti, je regarde le flot de passants autour de moi et la repère au loin. Elle vient de traverser le boulevard de Clichy. Je manque de me faire écraser par un bus en traversant mais parviens à la rejoindre. Elle s'est arrêtée sur le trottoir et fouille dans son sac.

— Je suis désolé, je ne sais pas ce qui m'a pris.

— C'est rien, Idir. C'est toi qui as raison.

— Non, je te jure, je ne sais pas ce qui m'a pris. Je me suis senti mal, j'ai cherché à faire mal. Avant ça, je passais une bonne soirée. Je ne veux pas la gâcher.

— C'est trop tard, merci pour le restaurant.

Elle se remet en marche. Je la suis.

— Tu ne trouveras pas de taxi… Permets-moi au moins de te payer un verre. Un seul ?

On remonte chez moi. La bière du début de soirée était bien la dernière et il ne me reste plus rien à boire, juste le fond d'une bouteille de whisky qui doit traîner depuis des mois. J'arrive tout de même à remplir deux verres qui ressemblent à quelque chose.

Je les apporte au salon, les pose sur la table basse et m'assieds sur le canapé à côté d'elle.

— Merci d'avoir accepté de revenir.

Elle me lance un vague sourire. Je sens que quelque chose s'est cassé en elle. Je tends la main vers mon verre. Elle l'arrête, agrippe mon avant-bras et le ramène à elle, sur son menton, dans le creux de son cou puis sur un de ses seins. Ma main se crispe. Elle gémit. Je ne voulais pas lui faire mal, je pensais la caresser. Je retire ma main, honteux. Elle s'avance et m'embrasse. Le reste ne ressemble pas à grand-chose, seulement à deux êtres qui se mélangent pour chasser la fraîcheur de la nuit et l'impression d'être passés à côté de bien des choses.

Ce n'est qu'en me réveillant le lendemain et en la regardant nue dans mon lit que je remarque le bleu sur sa poitrine.

Elle ramène le drap sur elle, excès de pudeur qui m'étonne au regard de nos ébats de la veille.

— Tu veux du café ?

Elle me fait un « oui » timide de la tête.

Je retourne à la cuisine et lui sers une tasse. Je la lui apporte, elle est toujours dans le lit. Elle souffle dessus et me sourit. Elle doit être habituée à ces matins-là, ces réveils de femme mariée dans le lit d'un étranger. Je me demande combien de cafés identiques au mien elle a dû avaler pour avoir l'air aussi naturel en le buvant, pour réussir à me faire croire que tout est normal, que coucher avec la femme d'un ami n'est pas si terrible, qu'après tout la vie est déjà assez compliquée pour décider d'en rajouter une couche.

— Je vais me doucher, je lui dis, en la laissant seule et en train de souffler sur sa tasse.

Lorsque je sors, une serviette autour de la taille, je sens un vide dans l'appartement. Elle est partie.

Le lendemain, je l'appelle en début d'après-midi. Elle ne répond pas. Je laisse un message à la con, mélange de « euh », d'excuses de l'avoir appelée, d'excuses de la déranger, d'excuses par dizaines pour un seul et timide « rappelle-moi si t'as un moment ».

Je n'y crois pas trop et pourtant, elle me rappelle à peine une demi-heure après.

— Salut Idir, je viens d'avoir ton message.

Je lui propose d'aller boire un verre. Elle accepte. On se retrouve dans un bar bondé, le long du canal Saint-Martin. Elle est en avance. Quand j'arrive, je la vois m'attendre à l'entrée du bar et se faire mater par les types qui sortent griller une clope, leur verre à la main.

— Ça va ? je lui demande.

Je ne me penche pas pour lui faire la bise. Elle non plus. Elle a l'air gêné.

— On rentre prendre un verre ?

Elle acquiesce et je me retrouve à lui tenir la porte et à nous frayer un chemin jusqu'à la seule table libre dans la salle.

— Ça va ? T'as pas l'air bien ? je lui dis alors qu'elle enlève son manteau.

Elle ne répond pas.

— Tu sais, si tu te sens mal à l'aise on n'est pas obligés…

Elle me coupe.

— Je peux dormir chez toi ce soir ?

Aucune question n'aurait pu me faire plus plaisir.

On reste nus, à s'embrasser dans la pénombre, longtemps. J'ai la main sur un de ses seins quand je suis frappé par le premier sanglot. Comme un hoquet qu'on espère contenir sans y faire attention. Je renifle. Rien à faire, les premières larmes coulent sur mes joues. Elle m'entend gémir, palpe mon visage, dans le noir.

— Ça ne va pas ?

Quelle merde, je pense.

— Si, si, je laisse échapper, d'une voix d'asthmatique.

Elle s'inquiète.

— C'est à cause de moi ?

— Non.

— À cause de Thomas, tu culpabilises ?
— Non.
— Tu as peur ?
— Non.
— Alors pourquoi ?
Je peux à nouveau parler, je sens que c'est en train de passer, qu'on approche de la fin.
— Pour rien... J'ai, j'ai toujours eu ça. C'est comme... Comme une forme de maladie. Je sais que j'ai l'air d'un con à pleurer comme un gosse mais c'est comme ça.
Elle m'embrasse, longuement, une main passée derrière ma tête, l'autre cherchant à l'aveuglette l'élastique de mon caleçon. Je sèche mes larmes sur son visage. Elle m'attire en elle. Après je ne sais plus. Aucune sensation, aucun souvenir de rien. Ni d'avoir joui, ni de m'être endormi.

Je passe la semaine avec Nat'. Toutes les nuits, elle partage mon lit. Lâchement, je lui ai demandé si son mari se doutait de quelque chose, elle m'a fait comprendre que tout était sous contrôle et que ce genre de choses ne me regardait pas. Le matin, elle quitte l'appartement et je reste dormir. Lorsque je me lève, pas si malheureux d'être à nouveau seul, je finis le café qu'elle a préparé.
Le week-end arrive vite et Cherif m'a invité à son anniversaire. Je lui ai demandé si je pouvais venir avec quelqu'un. Il m'a dit non. Alors j'ai décidé d'y amener Nat'. J'ai réfléchi à la façon de lui présenter les choses : « Ce soir, mon meilleur ami organise une soirée. Tu seras sûrement la seule fille, enfin, je m'exprime mal. Il y aura quelques filles : des putes ou des filles capables de m'étaler

d'un direct du droit – la marge entre ces deux catégories étant ténue, il est possible qu'une seule femme rassemble ces deux critères. Le gros des invités sera composé d'hommes – crapules en tous genres, dans le meilleur des cas, de simples galériens, ex ou encore en activité. Voilà... Je crois que j'ai fait le tour. Ah non, dernière chose ; si on te propose quelque chose à gober, à sniffer, à fumer, ou même à boire, refuse poliment. Et si tu tiens vraiment à accepter, par envie sincère ou par peur de vexer, viens me demander d'abord, je te dirai dans quoi tu t'apprêtes à t'engager, ou au moins, préviens-moi, que je comprenne pourquoi tu es soudainement défoncée. Voilà. Si quelqu'un te drague lourdement, tu te démerdes. Il est hors de question que je me batte avec un des types invités là-bas. Je tiens à mes chicots. T'as des questions ? »

Après réflexion, j'ai décidé de ne rien lui dire, seulement de lui préciser que c'est l'anniversaire d'un vieux pote, que je suis obligé d'y passer et qu'on partira dès qu'elle en sentira l'envie.

Si Cherif a loué un bar pour la soirée, c'est parce qu'il est complètement parano et ne ramène personne chez lui. Même moi, je ne le vois que dehors, chez ses « collègues » ou dans des planques, qu'il loue, sous-loue ou qui lui appartiennent, je n'en sais jamais rien. D'ailleurs, je ne sais même pas où il loge vraiment.

On arrive en retard. J'essaye de me frayer un chemin au milieu des voyous de tous horizons qui semblent déjà avoir forcé sur la boisson. Nat' me suit. Les autres la matent. Une blonde peroxydée se balade déjà en soutien-gorge et shorty en dentelle, une coupe de champagne à la main qu'elle vide petit à petit par terre à chacun de ses éclats de rire. Je trouve Cherif, seul, derrière le bar, à se servir un verre. Il sourit quand il me voit. Il sourit encore plus quand il voit Nat' à mes côtés. Il est bourré. Il me prend dans ses bras, m'embrasse.

— Bon anniversaire !

— Merci mon pote.

Il desserre son étreinte.

— Cherif, je te présente Nat'.

— Bon anniversaire, lui dit Nat', avec un sourire qui rendrait heureux n'importe quel homme.

— Merci. C'est gentil d'être passés.

Je sors le cadeau emballé de mon manteau et lui tends.

— Oh. Fallait pas.

Il a l'air vraiment ému. L'alcool doit aider, mais quand même.

— Arrête putain, c'est ton anniversaire.

— Qu'est-ce que c'est ?

— Un bouquin.

À la tête qu'il tire, je vois que la vodka a tué son sens de l'humour. Mais pas ses bonnes manières.

— Ah... Merci.

— Cherif, je déconne, je sais très bien que tu ne sais pas lire. C'est un DVD. J'ai hésité entre ça et un autre rodéo dans Paris.

Il me décoche un sourire vicieux et déchire le paquet cadeau.

— Oh putain ! *La Horde sauvage* !

Il soulève le boîtier dans les airs, triomphant, et dit à Nat', avec une tête de gamin naïf que j'ai peu souvenir d'avoir déjà vue :

— C'est la seule fois où il m'a poussé à sécher pour aller au ciné. Comme à l'école, on le prenait pour un intello, au début, je ne voulais pas venir avec lui. Alors il m'a proposé de me payer la place et je suis venu. La claque ! J'ai jamais regretté.

Il se tourne ensuite vers moi. J'ai l'impression qu'il a les larmes aux yeux.

— Ah, tu me fais plaisir. On le mate ensemble chez toi la semaine prochaine. Et Nat', tu es invitée aussi. Je compte sur toi !

— Je viendrai avec plaisir, dit-elle.

Il pose son cadeau sur le bar, nous regarde avec des yeux d'enfant.

— Bon alors, on picole ? Je vous sers quoi à boire ?

Une bonne douzaine de verres plus tard, après avoir revu tous mes anciens potes – et aussi tous les débiles de mon quartier – je tombe sur Cherif qui parle, à grand renfort de gestes, à Nat', à l'aise. Je m'approche d'eux, intrigué.

— Je lui racontais nos années d'école…

— C'est pas comme si tu y étais resté longtemps…

— Tu vois, dit-il en me montrant du doigt, je ne sais pas quels sont les rapports entre vous, depuis combien de temps vous vous connaissez et tout…

Son élocution devient difficile. Si je n'avais pas bu autant moi aussi et si Nat' n'était pas une femme mariée mais ma compagne officielle, je pense que j'aurais peur.

— … Mais moi je le connais depuis longtemps le petit. On pourrait rester des heures à parler, tout ça.

— Cherif, t'es sûr que tu ne veux pas arrêter ? Viens danser, je te sers un verre ou quoi mais ne refais pas l'histoire. Elle est polie la dame, mais elle en a rien à foutre.

— Non, au contraire, ça m'intéresse, rétorque Nat'.

Cherif ne se sent plus gêné par quiconque pour poursuivre son récit. Je sais qu'il va raconter une histoire qui va me mettre mal à l'aise, je ne sais juste pas encore laquelle il va choisir.

— On traînait en bas de l'immeuble, on devait avoir 13, 14 ans. On faisait les cons, on s'emmerdait... Nos parents n'aimaient pas nous voir traîner. Mais ils avaient d'autres soucis. Le père d'Idir, il venait toujours chercher son fils. En rentrant du travail, il le ramenait en le tirant par l'oreille. Idir était humilié à chaque fois. Il se faisait charrier par toute la bande. Il n'empêche qu'il encaissait ça. Malgré son cerveau de petit con, il avait compris une chose. Même pour se la raconter devant ses copains, jamais il n'aurait manqué de respect à son père. Jamais. Nous, on était déjà irrécupérables et je pense que j'en aurais collé une à mon père s'il m'avait affiché devant les connards avec qui je traînais à l'époque. Mais lui, il savait qui était son père et ce qu'il lui devait.

— Oh, c'est mignon ! me dit Nat' d'une voix niaise.

— Arrêtez de vous foutre de moi. Ça n'a servi à rien. Alors qu'il me croyait sauvé, j'ai quand même trouvé le moyen de faire de la prison.

Je ne voulais pas parler de ça, de mon père, de mon enfance, de ce que j'ai raté mais j'ai quand même trouvé le moyen de le faire.

Cherif me regarde alors dans les yeux et parle distinctement, comme s'il venait de chasser tout l'alcool qu'il avait ingurgité de son sang :

— Ça tu n'y peux rien, c'est mektoub mon frère.

Sur le chemin du retour, je tiens Nat' sous mon bras et nous titubons, à la recherche d'un taxi.

— Toi, t'es une fille et t'es en robe. Mets-toi sur le bord de la route. Ça va être facile d'en trouver un.

— N'importe quoi.

— T'es pas parisienne...

— Donc ?

— Donc tu ne connais rien aux taxis parisiens.

Vexée, elle me lance un pari :

— On parie que ça ne change rien ?

— OK, on parie. Si je gagne, tu restes avec moi toute la matinée.

Elle me défie du regard. Je sais que je demande beaucoup. Elle le sait aussi.

— D'accord.

Malgré mon taux d'alcoolémie élevé, mon raisonnement se révèle infaillible. Un taxi, qui a pourtant éteint son enseigne, s'arrête devant elle. Il finit son service mais propose de la déposer si c'est son chemin. Évidemment c'est son chemin. Lorsqu'il me voit approcher, je pense qu'il regrette de s'être engagé avec le sentiment – légitime – de s'être fait avoir. On monte. Son regard dans le rétro, surpris, et pas forcément content, qu'un métèque comme moi et une aussi belle femme puissent passer la nuit au même endroit.

On s'embrasse sur le palier. Notre fougue faiblit une fois dans le lit et nous nous endormons, beaucoup trop bourrés pour faire quoi que ce soit.

À mon réveil, je réalise qu'elle n'a pas tenu sa parole et qu'elle est partie, me laissant seul avec le plus beau des maux de tête. Quand je me lève, je comprends que je ne vais pas tarder à vomir. Ce que je fais, quelques minutes plus tard, après avoir descendu un verre d'eau d'un trait, dans ma cuisine. J'ai encore le front dans mes toilettes quand je sens mon téléphone vibrer dans ma poche. Je relève la tête et porte une main fébrile à mon jean. Je regarde qui appelle. Ève ?

Je dois avoir une voix d'outre-tombe lorsque je décroche.

— Allô ?

— Idir ?

— Oui.

Un blanc.

— Ça va, Ève ?

— Oui… Je… Je suis avec quelqu'un qui aimerait vous parler. Est-ce qu'on peut se rencontrer ?

Je jauge ma gueule de bois. Rien que l'évaluation est déjà très pénible.

— Ah… C'est-à-dire que là…

— C'est sur la disparition de Thibaut. C'est important. Très important.

— OK. Je peux être vers chez toi dans une heure.

— Pas chez moi. Rendez-vous dans le même café que la première fois.

Je me traîne jusqu'à la douche. Lorsque je sors de chez moi, la lumière m'agresse. Le trajet en métro est l'un des pires de ma vie… l'impression d'être dans une putain de barque au beau milieu du cap Horn.

J'arrive au café. Ève, à une table, qui parle avec un jeune homme. Je suis content qu'ils se soient installés en terrasse. Je ne sais pas si j'aurais supporté d'être à l'intérieur au milieu des connards et de leurs conversations sur la dernière expo qui passe chez Cartier-Bresson. Le serveur passe à ce moment-là et me demande ce que je veux boire. Imaginer un café me file la gerbe. Je pense que le Coca à 5,50 euros n'a jamais été un aussi bon investissement. Je passe commande et m'installe.

— Idir, je te présente Arthur.

— Enchanté.

Ils se regardent gênés, comme si on avait du temps à perdre.

— Écoutez, hier j'ai fait la fête, j'ai mal au crâne et j'étais parti pour passer la journée dans mon lit. Tu m'as l'air très sympathique mais je suis pas à l'abri de te vomir dessus si on reste là à parler trop longtemps. Alors ou tu me dis ce que t'as à me dire maintenant ou je me casse.

Ève s'élance la première.

— Arthur était... le copain de Thibaut. Il m'a contacté hier. Thibaut lui avait parlé de moi.

Thibaut n'en a jamais parlé sur les cassettes. Je tourne la tête vers lui.

— Et alors ?

Il se décide enfin à parler. Sa voix est celle de quelqu'un d'inquiet. J'ai l'impression qu'il va se mettre à chialer.

— On devait partir ensemble. On avait pris nos billets d'avion. Le jour du départ, il n'est pas venu à l'aéroport.

— Partir où ?

— En Amérique du Sud, faire un tour.

Pauvres petits cons qui se prennent pour des aventuriers. Le genre de types à errer, à 3 heures du matin, à Ciudad Juárez à la recherche d'un karaoké ouvert. Je me dis que c'est une chance pour eux que ce voyage ne se soit pas fait. Ça aurait mal tourné.

— Depuis, je n'ai aucune nouvelle...

J'ai de la peine pour lui. Il fait partie de ces gens qui n'imaginent pas que le mal existe. Un vaste club dont je rencontre jour après jour de nouveaux membres. Toujours à penser que tout va s'arranger. Qui n'ont pas vu ce que j'ai vu. Généralement, quand je les rencontre, ils viennent de se faire virer, à coups de pied au cul, de ce Rotary pour naïfs et cherchent autour d'eux un mode d'emploi qui n'existe pas.

— Plus aucune nouvelle ? je demande, pour être sûr qu'il ne me cache pas quelque chose.

— Non.

Il n'a pas l'air de mentir.

— Son téléphone ?

— Sur répondeur.

— Est-ce qu'il était bizarre avant le départ ?

— Il était heureux.

— Est-ce qu'il t'a donné l'impression de fréquenter... quelqu'un d'autre ?

Il secoue la tête.

— Rien de bizarre ?

— Il me disait qu'il avait l'impression d'être suivi.

Il déglutit.

— Il a eu cette sensation pendant plusieurs semaines. Et un soir, deux types ont essayé de le faire monter de force dans une voiture, alors qu'on rentrait chez lui. J'ai gueulé et comme des gens passaient, les types ont pris la fuite.

— Tu te rappelles à quoi ils ressemblaient ?
— Non, il faisait noir.
— Vous avez porté plainte ?
— Oui, mais ils n'ont rien trouvé.
Je commence à être inquiet. J'ai dit à Oscar que tout s'arrangerait parce que j'étais sûr que son frère était parti ailleurs, pour pouvoir vivre sa vie en toute liberté. Sans qu'aucun des connards qu'il fréquentait ne vienne l'emmerder. Si son petit ami est resté à quai, ça change quand même la donne.
— C'est tout ?
Il me regarde, les yeux grands ouverts.
— Oui, ça ne vous suffit pas ?
J'essaye de ne pas trop le brusquer.
— Je ne travaille pas pour la police. Juste pour son frère qui m'a payé pour essayer de le retrouver. Je ne peux pas aller plus loin.
— Vous avez touché votre argent alors vous vous en foutez, c'est ça ?
— Écoute-moi bien petit con, si je m'en foutais je ne serais pas ici en train de te regarder chialer et d'écouter tes doléances. Compris ?
Il baisse les yeux, intimidé.
— Son frère est un salaud. Il le détestait. Il l'a toujours mis à l'écart, de peur qu'il nuise au prestige familial. L'idée qu'il puisse bénéficier, ne serait-ce qu'un peu, de l'empire légué par son père le rendait malade. Il l'aurait tué pour ne pas qu'il y touche.
Je repense aux articles de la presse les présentant comme deux siamois. Et à la voix de Thibaut sur les bandes. Je commence à penser que je me suis planté royalement, que j'ai tout faux depuis le début.

Je rentre. Essaye de joindre Nat'. Lui laisse un message disant que j'ai passé une excellente soirée hier soir et que j'espère la retrouver cette nuit. Suite à quoi je vais m'allonger dans le canapé pour souffler un peu. Je fais comme si de rien n'était, mais je sais que je cherche à chasser la culpabilité. Celle d'avoir bâclé une enquête, d'avoir seulement touché l'argent et c'est tout. De penser à elle pendant qu'une petite voix me susurre : « T'es qu'une merde. Tu couches avec une femme mariée, à un ami en plus. Mais ce ne sera jamais ta femme. Et... » La voix s'arrête. Je l'avais complètement oublié – posé négligemment sur un coin de ma commode, le GPS trouvé chez les frères Louasse près du cadavre. Je déroule le câble d'alimentation et prends l'appareil en main. Il est en mauvais état. Son écran est légèrement fendu sur toute la moitié droite. Je retourne m'allonger dans le canapé et l'allume en pressant un petit bouton sur la tranche. L'écran clignote, il ne reste plus beaucoup de batterie. Machinalement, j'appuie sur l'icône où sont répertoriées les destinations récentes. Toutes dans le 93 ou à Paris. Sur la douzaine de destinations, seules deux me semblent anormales. Une à Boulogne, à l'ouest, et l'autre très loin, en Seine-et-Marne. J'appuie à nouveau sur l'écran, comme si je voulais réellement me rendre sur les lieux. Une voix féminine retentit dans l'appartement et m'annonce que je suis à environ quarante-cinq minutes du point d'arrivée. Soudain, un court bip et l'écran s'éteint. Plus de batterie. Je pourrais laisser tomber, me dire que j'ai bu assez d'alcool hier pour décider de faire une petite sieste, là, maintenant. Mais je prends à nouveau mon téléphone, cette fois pour appeler chérif.

— Ouais ?
— Cherif, j'ai besoin de toi.
— Putain, je dors !
— Cherif, j'ai vraiment besoin de toi.
— Pour faire quoi ?
— Je dois aller quelque part. Dans le 7-7.
Il rigole.
— Mais t'es malade… Passe prendre ma caisse à la rigueur mais…
— Tu sais très bien que je n'ai pas le permis.
— Prends les transports alors !
Il me raccroche au nez. On ne peut pas lutter contre ça.
Je m'installe à nouveau sur mon canapé et me dis que ce n'est peut-être pas plus mal comme ça. Mais mon téléphone sonne à nouveau.
— Putain ! tu fais vraiment chier, tu m'as réveillé ! Riquet dans une demi-heure.
Cherif a les traits gonflés par l'alcool, le manque de sommeil et la mauvaise humeur. Il n'a pas pris la peine de quitter son jogging et un épais sweat en coton pour sortir.
— Pourquoi t'as ramené un GPS ? me demande-t-il une fois installé dans sa voiture. J'en ai un.
— C'est le GPS que j'ai trouvé à Bagnolet. Y a une adresse entrée dedans, j'aimerais qu'on y aille.
— Pourquoi tu veux aller là-bas ?
— Je t'expliquerai en chemin.
— Bah, vas-y.
Le GPS émet un long bip aigu.
— Je crois qu'il n'y a plus de batterie.
— Laisse-moi faire !

Il me prend l'appareil des mains et branche son cordon sur l'allume-cigare. Il regarde le temps de parcours sur l'écran et proteste :

— Oh putain, c'est super loin.

— Ça va, arrête de râler, t'es pas content de passer ton après-midi avec moi ?

— Je voulais le passer chez moi, tranquille, à dormir.

On sort de Paris et on s'enfonce vers l'est en prenant l'autoroute. Quand le GPS nous indique la sortie, on se retrouve en pleine campagne. La route cesse rapidement d'être goudronnée et on s'engage sur un chemin cahoteux. Un court virage à gauche et la voiture se retrouve nez à nez avec une barrière.

— Fin du voyage, me dit Cherif.

— On n'est pas encore arrivés.

— Mais putain il n'y a rien ici ! Tu vois une maison ou quelque chose ? Non, rien, juste un champ. On rentre à Paris.

— Justement.

J'ouvre la portière.

— Idir !

Je m'approche de la barrière, vérifie quelques secondes qu'il n'y a personne et l'enjambe.

Je passe un premier rideau d'arbres, m'enfonce dans les feuilles que la pluie a réduites en une bouillie informe. Les premières gouttes de sueur viennent rapidement piquer mon front. Après la cuite, on a tendance à transpirer plus facilement. Je m'éponge le visage et continue ma marche, tout droit. Deux minutes plus tard, je vois une cabane en pierre émerger d'entre les arbres, à une cinquantaine de mètres. Je m'arrête et m'accroupis, le dos contre un tronc. Mes jambes commencent à trembler et mon ventre se contracte.

— T'es où ?

J'entends la voix de Cherif, qui vient de passer sous les branches d'arbres.

— Pssst !

Il repère d'où vient la voix. Je place mon index devant ma bouche pour lui faire signe de ne pas faire de bruit. Il s'approche de moi, en silence. Je lui chuchote :

— Il y a une cabane là-bas.

— Où ça ?

Je pointe mon doigt sur ma gauche. Il suit la direction indiquée.

Pas de signe de vie autour. La seule petite fenêtre sur le côté de la façade est trop encrassée pour qu'on puisse voir quoi que ce soit au travers.

— Je veux savoir ce qu'il y a à l'intérieur.

Il passe la main dans le bas de son dos et dégage une arme de sa ceinture.

— La dernière fois, j'ai pas aimé être à poil devant l'autre connard cagoulé. Vas-y, je te couvre.

Je cours, le corps plié en deux jusqu'à la cabane, et me plaque contre un de ses murs, à côté de la porte.

Je fais ensuite signe à Cherif de me rejoindre. Il vient se placer de l'autre côté de la porte. Je lui fais signe « Un, deux, trois ». Il envoie un coup de pied au niveau de la poignée.

Personne. L'endroit est sale. Une pièce, un matelas posé sur le sol en terre, un thermos, des bouteilles de Coca vides, un pochon en plastique qui a dû contenir de l'herbe et des canettes de bière, transformées en cendrier, avec de la cendre sur le goulot.

— Ça pue sa mère.

C'est vrai que l'odeur de renfermé, ajoutée à celle du tabac froid et du bois pourri par l'humidité, est difficilement supportable.

— Tu vois, il n'y a rien, on peut y aller maintenant ?

On ressort.

— Attends.

Je décide de faire le tour de la cabane. Rien, si ce n'est une pelle posée contre le mur.

— Tu vois, il y a que dalle.

Je prends, machinalement, la pelle en main. Réfléchis, réfléchis. Il y a trop de fils enchevêtrés dans ma tête. Je ne suis pas assez intelligent pour les démêler. Ça m'énerve. Je frappe la pelle contre le mur. De plus en plus fort, jusqu'à ce que les muscles de mes bras commencent à me brûler. Comme si les « gong » émis par le métal sur la pierre allaient éclaircir mes idées. La terre collée à la pelle se détache et vient se répandre sur le mur de crépi, sangsue couleur argile et... sang. Je gratte le dépôt boueux. Par endroits, la terre est rouge. Je me mets à courir autour de la cabane. Regarde partout.

— Idir, je peux savoir ce qu'il te prend ?

— La pelle...

— Quoi la pelle ?

— Je crois... Je crois qu'il y a du sang dessus.

— T'es sûr ?

— Je crois.

— Tu sais, ça peut être n'importe quoi...

Je suis déjà loin. Je cours sans vraiment savoir où aller, en tournant sur moi-même. Jusqu'à ce que je trouve, à une trentaine de mètres de la maison, un amas de terre retournée.

— Cherif, ramène la pelle.

Il me tend la pelle.

— Tu penses qu'il y a quoi là-dessous ? me demande-t-il.

Je commence à creuser. Ils ne se sont pas donnés beaucoup de peine. Le trou n'est pas très profond. Quelques coups de pelle plus tard, je sens une résistance. Une main d'homme sort de terre.

— Oh putain !

Je sursaute, Cherif aussi.

— C'est quoi ce bordel ?!

Je continue de creuser, l'odeur devient difficile à supporter. Apparaît un ventre boursouflé, sillonné de veines gonflées, éclairs violacés et luisants, prêts à percer sous la peau translucide. Puis un visage. On a du mal à croire qu'il a un jour été vivant. Qu'il a appartenu à un homme. On dirait un masque. Un truc pour les films. Sauf que, celui-ci, je le connais. Je l'ai déjà vu sur une photo. Souriant.

— C'est Thibaut.

— Qui ça ?

— Le type que je cherchais.

— Qu'est-ce qu'il fout là ?

Je sors mon téléphone.

— Qu'est-ce que tu fais ?

— J'appelle les flics. Tu peux rentrer Cherif.

Cherif pose sa main sur mon bras.

— Ça va pas ? Tu vas leur dire quoi ?

— Que j'ai trouvé le corps par hasard.

— Qu'est-ce qu'un type comme toi foutrait ici ? T'es parisien. T'as rien à faire dans un champ. Il y a tes empreintes sur la pelle et partout là-bas.

— Putain, qu'est-ce que tu veux que je fasse ?

Il me donne les clés de la voiture.

— Va à la voiture. Appelle ton client et annonce-lui la nouvelle. Moi je nettoie tout ici et on rentre. Pour les flics, on attend. Ça ne change rien. Ce mec est mort, son corps ne va pas bouger. On verra après.

J'obéis et marche, sonné, jusqu'à la voiture. Je trébuche, me relève aussitôt. Je n'arrive pas à vomir, pourtant j'en ai envie. Enfonce deux doigts au fond de ma gorge pour faire partir les spasmes. Mais de mon estomac creux ne remonte dans ma bouche qu'une bile acide, que je ravale avec difficulté.

Je m'enferme dans la voiture, heureux de trouver un abri loin du corps du gamin. Je compose le numéro de suite – pour ne pas me donner le temps d'hésiter. Il décroche rapidement.

— Idir ?

— J'ai des nouvelles de ton frère…

Il ne me laisse pas finir, sa voix est pleine d'espoir.

— Tu l'as retrouvé ?

— Oui…

— Alors ?

— Je ne sais pas comment le dire alors je vais te le dire directement : il est mort.

J'entends un hoquet, au téléphone, puis le silence.

— T'es encore là ?

— Oui…

— On peut se voir ? Ça m'emmerde de parler par téléphone.

Je raccroche. Cherif revient quelques minutes plus tard.

Il démarre la voiture et me demande :

— Qu'est-ce que t'en penses ?

— J'en sais rien Cherif. J'en sais rien...

Je frappe sur le tableau de bord à répétition.

— Putain, j'y comprends rien à ce merdier !

— C'est que les deux frères ont fait le coup. Ils sont morts, la justice est déjà rendue. C'est rare que ça arrive, alors te prends pas la tête.

— Pourquoi est-ce qu'ils l'ont kidnappé ?

— C'était leur métier.

— Oui mais pourquoi lui ?

— Sa famille est blindée. C'est pas une assez bonne raison pour toi ?

— Cherif, tu ne comprends pas. On me demande de retrouver ce gamin. Je n'y arrive pas. Puis un autre type me demande de retrouver sa bagnole. Et les types qui ont volé la bagnole sont aussi dans le coup pour le gamin. Comme par hasard. Ça tient pas debout. Les types ne peuvent pas à la fois kidnapper des gens, voler des bagnoles, putain ça tient pas...

— Ces types étaient des dégénérés. Ils ne sont pas du genre à planifier leur putain de retraite. Ils font des kidnappings, d'accord ? Mais ils ont vu la bagnole et l'ont tirée. Ça leur a pris comme une envie de pisser. Ils ont vu un tas de fric rouler et n'ont pas pensé aux conséquences.

— Alors pourquoi faire ça au gamin ? Comment savaient-ils que sa famille était riche ? Ça colle pas.

— Écoute, il est mort, c'est malheureux mais c'est comme ça. Eux sont morts et ils ont mérité ce qui leur est arrivé. Maintenant débranche putain. Oublie ça !

— Qu'est-ce qu'ils avaient à gagner en le tuant, hein ?

— Idir, si ça se trouve il leur a mal parlé, ou alors ils se sont levés un matin avec l'envie de savoir ce qui se passerait s'ils le tuaient. Putain, on n'en sait rien !

Je sais qu'il y a un problème et je doute de ma capacité à le résoudre.

— Cherif, le hasard, c'est pour les gens qui font des trucs réglos. Est-ce que toi, dans ton travail, tu crois aux coïncidences ?

— Comment ça ?

— Si un mec te crame à voler une voiture et que le lendemain tu te fais péter au réveil, tu te dis que c'est lui qui t'a balancé, non ?

— Bah ouais.

— Donc tu ne crois pas aux coïncidences.

— Non.

— Alors on est d'accord. Tout est lié.

Oscar m'a dit de passer chez lui. Cherif me dépose. Je ne sais pas pourquoi j'ai insisté pour le voir. Comme si ça allait changer quelque chose. Mais j'ai besoin d'en savoir plus. Je vais tout lui raconter, puis lui annoncer que je ne témoignerai pas. Il me traitera sûrement de lâche, ça ne me fera pas changer d'avis. Je ne suis pas payé pour faire la justice, juste pour retrouver les gens. J'ai rempli ma mission, que ça lui plaise ou non.

Oscar me reçoit très solennellement, comme s'il se devait de retenir sa tristesse devant moi. Il ne se rend pas encore compte, espère que je me sois trompé.

— Tu es sûr que c'est lui ?

— Je pense que c'est lui.

— Tu peux quand même te tromper ?

Il m'a dit ça d'une voix pleine d'espoir. Je ne me vois pas le contredire.

— Oui. Tout le monde peut se tromper.

— Où tu l'as trouvé ?

— Loin d'ici, à la campagne…

— Tu peux m'y emmener, je le reconnaîtrai.

— Tu sais, on parle d'un cadavre. Je préfère prévenir la police d'abord, ce sera plus carré. Ils t'avertiront ensuite.

— Si c'est bien mon frère qui est là-bas, tu deviens un témoin clé de l'affaire…

— Écoute, tu m'as payé pour un travail, je l'ai fait. Si tu cites mon nom, ne serait-ce qu'une seule fois dans l'enquête de police, je nierai tout.

Il s'arrête un instant, comme si ma réponse lui importait peu.

— C'est lui, hein ?

Je déglutis.

— C'est le même visage que sur la photo.

Il ravale un sanglot et émet un petit bruit aigu.

— Excuse-moi, excuse-moi, je suis juste un peu nerveux. T'as fait du bon travail.

— Je vais appeler la police d'une cabine. Un simple coup de fil anonyme pour les prévenir. Le reste ne dépend plus de moi.

— Merci pour tout.

Je le salue et me dirige vers la porte. Je me vois déjà dehors respirer une grande bouffée d'air frais. Mais sa voix retentit dans mon dos.

— Je connais le vrai coupable, même s'il ne sera jamais inquiété.

Je me retourne. Il s'approche de moi et poursuit :

— Et toi aussi. C'est Éric Vernay.

Il a changé de ton. Je n'aime pas trop ça. Le sentiment d'être un figurant muet dans sa mise en scène autoritaire.

— Je ne couvre personne. Ni toi, ni lui. Vos histoires ne me regardent pas.

— J'ai réuni beaucoup de documents compromettants sur son groupe. De quoi provoquer un énorme scandale. Je comptais révéler l'information. D'un coup mon frère disparaît et un jour, je reçois un coup de téléphone. C'était lui. Il chialait. J'entendais des voix derrière. Il m'a supplié de venir le chercher, il m'a dit qu'il ne voulait pas mourir. Et puis ça a raccroché.

— Pourquoi tu ne m'as rien dit ?

Il a un sourire désabusé, pour mieux masquer les larmes naissantes.

— Je n'en sais rien... je ne savais pas si tu étais toujours proche de Vernay. Je... Je ne sais pas.

Je lui en veux de ne pas avoir joué franc-jeu avec moi, de ne pas m'avoir mis au courant dès le début. J'aurais peut-être pu sauver le gamin.

— Pourquoi tu n'as pas prévenu la police ?

— J'avais peur pour lui.

— Tu penses que Vernay est derrière tout ça ?

— Qui d'autre ?

— Tu as des preuves ?

— Rien. Tu as plus de preuves que moi. À vrai dire, tu es le seul à avoir des preuves. Et tu ne veux pas témoigner si j'ai bien compris…

Je ne peux pas tenir son regard.

— Je ne travaille pas pour Éric et je n'en ai rien à foutre de ses combines.

Il hésite, me dévisage, un moment, sonde mon âme.

— Je te crois… Et je respecte ta décision.

— C'est mon métier, je ne peux pas m'immiscer dans le reste. On avait un contrat, je l'ai rempli. Peu importe comment. Je te jure que je n'ai pas d'informations sur les coupables. Tu devras te fier à ma parole, parce que je ne te donnerai rien d'autre.

Comme les deux frères sont morts, je me dis que la vérité ne servirait à rien, sinon à lui faire du mal.

— Je comprends. Merci pour ton travail en tout cas, merci de ne pas avoir renoncé.

— J'appelle la police… pour l'emplacement. Contacte-les ensuite en leur disant que ton frère a disparu. Le temps qu'ils identifient le corps, ça te fera gagner du temps. Bon courage pour la suite.

— J'espère… j'espère que tu t'es trompé. Que ce n'est pas lui.

— Moi aussi.

Je rentre chez moi pour m'accorder un moment de réflexion, au calme. Ensuite, j'irai appeler les condés d'une cabine téléphonique. Lorsque je sors mes clés, sur le palier, j'entends des pas résonner derrière moi, dans l'escalier. Je n'y fais pas attention et ouvre ma porte. Alors une main, assez puissante pour broyer mes os, me pince l'épaule et me pousse à l'intérieur de mon appartement.

Son visage en dit long. Son nez a dû être cassé plusieurs fois, ses pommettes hautes cachent de petits yeux sombres aux paupières mi-closes, maintenues par deux grosses joues gonflées par les coups. Il mesure pas loin de deux mètres et semble en assez bonne forme physique – le genre de type qui vous rattrape si vous essayez de vous enfuir en courant. Ce n'est pas bon signe qu'il me laisse voir son visage. Il sort une arme. Je me demande s'il va me mettre une balle dans la tête et me laisser saigner sur le sol. Je ne serai jamais que le deuxième à qui ça arrive dans cet appartement. La vérité c'est que je crève de trouille et que je ne veux pas que l'histoire se répète. D'autant que, contre lui, je n'ai aucune chance.

— M. Vernay veut vous voir.

L'accent. Le type à la cagoule.

La voiture est garée en double file – berline noire, allemande. Pas le même modèle que la dernière fois. À croire qu'ils en ont toute une collection. Je croise la gueule du conducteur dans le rétro. À peu près aussi rassurante que celle de son collègue, qui a eu la bonne idée de s'installer à côté de moi pour être sûr que je me tienne sage. Inutile de poser des questions, je sais déjà où on va et pourquoi. Je préfère le silence. Ça m'aide à me concentrer sur le plan que je dois élaborer avant d'arriver là-bas. J'ai un seul avantage : il ne sait pas où est le corps de Thibaut. Sinon je serais déjà mort. C'est mon unique moyen de pression sur lui. Je suis soulagé quand je vois la voiture prendre le bon chemin.

Il me reçoit chez lui, dans le grand appartement avec vue sur la tour Eiffel dans lequel je me rendais gamin, pour les soirées organisées par Thomas, quand son père n'était pas là, avec champagne à volonté.

— Laisse-nous seuls.

L'autre obéit. Depuis mon appartement, il n'a pas prononcé un mot. C'est sans un bruit qu'il s'éclipse – 100 kilos qui se déplacent en silence. Éric est dans un fauteuil.

— Assieds-toi.

— Je suis très bien debout.

Il se lève. Pour la première fois, il me donne l'impression de quelqu'un qui ne supporte pas de ne pas pouvoir tout contrôler.

— Désolé de t'avoir fait venir si tard. Mais je pense que tu es assez intelligent pour savoir pourquoi tu es là.

Je ne réponds pas. Il poursuit.

— Tu vois mon garçon, il y a des choses qui te dépassent. Je ne vais pas chercher à tout t'expliquer et encore moins à me justifier. On ne devient pas ce que je suis sans consentir à certains renoncements d'ordre... moral.

Il a buté sur ce dernier mot, comme si ce n'était pas le bon mais qu'il ne trouvait rien de mieux pour illustrer son propos.

— Mais disons que tout ceci a dérapé. Je ne voulais pas que certaines informations soient dévoilées. Le groupe ne se porte pas très bien. Alors la dernière chose dont j'ai besoin, c'est d'une mauvaise presse.

Il ricane, pour lui-même.

— J'ai confié l'affaire à des bras cassés, pour ne pas qu'on puisse remonter jusqu'à moi. Je me suis dit qu'Oscar serait assez intelligent pour comprendre qu'il ne s'agissait pas d'une coïncidence... que si son frère avait été enlevé, ce n'était pas par hasard.

— Donc vous avez fait enlever son frère et vous l'avez appelé pour lui dire de renoncer ?

— Je ne l'ai jamais appelé, je voulais qu'il comprenne tout seul. Je devais rester invisible, sinon j'aurais fait faire ça par des gars à moi. Ce n'était qu'un avertissement. Une semaine ou deux. Il aurait su de quoi j'étais capable. Je voulais l'effrayer, c'est tout. Mais la merde s'est mise à voler et crois-moi, je le regrette.

À aucun moment il ne semble avoir pensé qu'Oscar pourrait choisir de ne pas renoncer. Que l'enlèvement de son frère ne ferait que redoubler sa détermination.

— Il fallait mieux recruter. Pour un chef d'entreprise, c'est une faute professionnelle.

Il sourit, comme s'il savait que derrière ma remarque se cachait un faux sang-froid de héros de téléfilm.

— Exactement mon garçon, exactement. J'ai recruté des incapables. Ultraviolents, ce qui n'aide pas. Les deux frères devaient nous livrer le garçon. J'ai envoyé mes hommes, avec ma voiture pour les payer. Ils devaient relâcher le gamin. Et sur place, ces abrutis les ont braqués. Ils ont pris l'argent, volé la voiture et ils ont gardé le gamin. On a réussi à rattraper un des frères. L'autre s'est enfui. Je ne sais pas ce qui s'est passé ensuite. Tu as retrouvé la voiture, je pensais que c'était suffisant pour me couvrir. Je me suis désintéressé du reste. Je pensais qu'ils avaient laissé partir le gosse. Mais aujourd'hui le grand magnat de la presse de mes couilles m'appelle et me dit qu'il sait que son frère est mort.

Il ricane, redevient grave.

— Je veux juste savoir où il est. Je payerai pour ça.

Il s'arrête un instant, pour observer ma réaction. Je ne sais pas du tout ce que lui renvoie mon visage.

— Je suis beaucoup de choses mais pas un assassin. Tu as juste à me donner un prix et une adresse.

— Vous voulez envoyer vos hommes nettoyer, c'est ça ? Pas de corps, pas d'accusation… Le problème c'est que je ne sais pas où il est.

— Je ne te crois pas.

— Oh, je sais, c'est le moment où vous allez commencer à me menacer. À m'expliquer que vos gardes du corps ont fait des saloperies en Europe de l'Est ou ailleurs, ce genre de conneries… Mais ils peuvent bien me travailler au chalumeau, ça ne changera rien. Je ne l'ai pas retrouvé. J'ai dit à Crumley que j'abandonnais. Ça fait deux semaines. Ça ne vous est pas venu à l'idée qu'il ait essayé de vous bluffer, de vous la faire à l'envers ?

— Non. Parce que je sais quand les gens bluffent. C'est pourquoi je vais jouer franc-jeu avec toi. Je vais donc te laisser rentrer chez toi et dormir. Réfléchis à un prix. Réfléchis bien. Et demain tu peux revenir pour qu'on reprenne notre petite négociation.

— Et si je refuse ?

— C'est ton droit. Je ne te ferai rien.

La surprise doit se lire sur mon visage, il continue.

— Par contre, je m'occuperai de Nathalie… Oh, je t'en prie, ne fais pas cette tête-là, je sais pour vous deux. Tu crois vraiment que je suis idiot à ce point ? J'ai même des photos. Tu aimes ça, quand elle te suce la bite ?

— Vous êtes un taré…

— Tu tiens à elle, moi pas. Alors partez ensemble, partez loin, avec mon argent. Je sais que ça te fait envie. Et ça me fait plaisir de te l'offrir.

Le trajet du retour est encore plus pénible, coincé, encore à l'arrière, avec le cerbère. J'envisage la possibilité de partir avec Nat' et l'oseille. C'est tentant. Mais je dois prévenir Thibaut. Lui expliquer pourquoi la justice ne lui sera jamais rendue. Je lui dois bien ça, un dialogue fantôme de quelques minutes et après je me tire, la conscience tranquille.

Près du trou sommairement creusé dans le sol qui accueille sa dépouille, déterrée par mes coups de pelle fiévreux, je me lance :

— Il va falloir renoncer à la pierre tombale, mon pote.

— Vous êtes qui ?

— J'ai été engagé par ton frère pour te retrouver.

— Mon frère ? Je n'ai pas de frère.

— Oscar.

— Il n'en a rien à foutre de moi.

— Je sais, c'est un enculé, j'ai écouté les cassettes. Mais tu te trompes bonhomme, il était triste quand je lui ai annoncé que tu étais mort.

— C'est un bon acteur. Où est-il ?

— Il ne viendra pas.

— Pourquoi ?

— Je ne peux dire à personne que tu es là. J'ai rien contre toi, mon vieux. Mais tu es déjà mort, alors tu comprends…

— Je pourrais avoir un cercueil ? Il fait froid ici.

J'enlève mon manteau et l'étends sur son cadavre.

— Tiens. C'est tout ce que j'ai.

— Merci. Maintenant laisse-moi tranquille s'il te plaît. Cette discussion m'a fatigué. J'aimerais me reposer.

— Tu m'en veux ?

Mais il ne répond déjà plus. Il est parti sous terre. Et il m'a dicté ce que je devais faire.

Une main, pressée sur mon épaule, me tire de ma torpeur. Le gorille me regarde sans aucune expression.

— On est arrivés.

Je regarde par la fenêtre et reconnais mon quartier.

— Vous avez des enfants ? je lui demande avant de descendre.

— Non, me répond-il, le plus simplement du monde.

— Vous avez envie d'en avoir ?

— Non.

— Sale époque, hein ?

Il grogne. J'ouvre la portière, persuadé que c'était le mot de la fin.

— Ma sœur en a eu un. Il s'est fait descendre par la police. Je crois que ça m'a fait renoncer, me répond-il finalement.

Je descends de la voiture, persuadé que ses yeux restent braqués sur mon dos quand j'ouvre la porte de l'immeuble.

À peine rentré chez moi, j'appelle Cherif. Il décroche tout de suite.

— Mon ami, j'ai vraiment besoin de toi.

— Pour changer.

Midi. Premier appel d'Éric sur mon portable. Je le laisse tomber sur la messagerie. On sent, à sa voix, qu'il s'impatiente :

— On avait un marché, non ? Rappelle-moi.

Mon téléphone sonne à nouveau, quelques heures plus tard. C'est Nat', paniquée :

— Il faut que je te voie.

Je sens à sa voix qu'elle ne va pas bien.

— Qu'est-ce qu'il se passe ?

Elle éclate en sanglots.

— Je me suis fait agresser.

Je l'amène aux urgences, à Lariboisière. Un samedi soir normal près de la gare du Nord. Plusieurs toxs en manque qui parlent tout seuls entre deux hurlements, un type menotté au radiateur et escorté par deux policiers cagoulés de la BRI, un autre encore bourré dont on ne sait s'il s'est fait péter le nez dans une bagarre ou s'il a fait son affaire tout seul en trébuchant sur un trottoir... C'est sans fin. Des galériens de tous bords. Dont la vie n'a de vie que le nom.

Et Nat', qui a les yeux gonflés de larmes et deux doigts pétés. Pour la dixième fois, je lui fais raconter ce qui s'est passé.

Elle descendait de chez elle, un type est sorti de la cage d'escalier et l'a frappée. Il s'est ensuite penché sur elle, a défait sa ceinture. Elle l'a repoussé d'une main, il lui a cassé les doigts sur le coup.

Puis il s'est ravisé, lui a souri et lui a murmuré à l'oreille : « Je sais que ça t'a excitée. »

— À quoi il ressemblait ?

— Je ne sais pas. Je ne me souviens plus. Il avait un accent de l'Est.

— Et il ne t'a rien pris ?

— Non.

— Tu ne veux pas porter plainte ?

— Quoi ?

— Tu ne veux pas que ton mari soit au courant, c'est ça ?

Elle me lance un regard en coin.

— Arrête de me juger.

— Je ne te juge pas. J'essaye de t'aider.

— Excuse-moi.

Je me lève de mon siège.

— Attends, je vais aller voir où ça en est.

Je me dirige vers l'accueil et m'adresse à la femme d'une cinquantaine d'années qui, derrière son bureau, pianote sur son ordinateur.

— On va devoir attendre combien de temps ?

Elle relève la tête, me regarde. Elle a des poches sous les yeux, son maquillage est craquelé par endroits. Elle range une mèche de cheveux, rendus roux par une mauvaise teinture, derrière son oreille et souffle. Je me demande combien de fois elle a dû entendre cette phrase aujourd'hui. Combien de fois elle l'a entendue depuis qu'elle travaille ici ?

— Vous avez un numéro monsieur, on vous appellera quand ce sera votre tour.

Notre numéro finit par tomber, après deux heures d'attente. Le médecin lui demande ce qu'elle a. Elle lui dit qu'elle est tombée. Il me regarde de travers. Il doit penser que c'est moi qui lui ai pété les doigts – par jalousie, parce que j'étais bourré, ou que la soupe était froide. Je ne lui en veux pas. Il doit en voir tellement des comme ça. Ce regard, c'est sa seule défense, sa seule façon de faire comprendre à ceux qui font des choses comme ça que ce sont des salauds. Ou peut-être que je me fais des idées et qu'il n'en a rien à foutre.

— Je vais vous poser une petite attelle provisoire, en attendant la radio.

Le médecin fixe l'attelle autour de ses doigts, le bandage, puis nous dirige vers une autre salle.

— Attendez ici, on viendra vous chercher pour la radio.

Sur ces mots, il s'en va, sans nous laisser le temps de le saluer. Je propose à Nat' de s'asseoir mais elle refuse.

— Viens Idir, on y va.

— Et la radio ?

— J'irai la faire demain, près de chez moi.

Je n'ai pas le temps d'insister, elle est déjà partie.

Dehors, le froid est tombé. Je lui propose ma veste. Elle refuse.

— Je te raccompagne ?

— J'aimerais qu'on aille chez toi, me demande-t-elle sans un regard.

Je la ramène chez moi. J'embrasse son poignet, glisse ses phalanges meurtries, qui dépassent de l'attelle, dans ma bouche. On fait l'amour lentement. On s'endort après, encore plus tristes que lorsque nous sommes rentrés.

Le lendemain, je me réveille à ses côtés.

— Je pensais que tu serais partie.

— Ce matin, j'avais besoin de rester.

Elle m'embrasse sur le front.
— Tu veux un café ?
Elle sourit.
— J'attendais que tu me le proposes.
Je me rhabille en vitesse et file à la cuisine. Pendant que la cafetière chauffe, j'envoie un texto à Cherif. « Tiens-toi prêt. »
Je ne l'entends pas entrer dans la cuisine.
— Qu'est-ce que tu fais ?
— Rien. C'est Cherif. Je dois le voir tout à l'heure.
Elle s'approche de moi et pose sa tête sur mon épaule.
— Merci. Merci d'être là, me susurre-t-elle à l'oreille.
On s'installe dans le salon une fois le café préparé. Je ne sais toujours pas quoi penser d'elle. Elle boit une gorgée, en silence, je l'observe, comme si cela allait suffire à tout démêler.
— Tu sais... Peut-être qu'on devrait essayer quelque chose toi et moi.
Je me pensais perdu, voilà que surgit un signe. C'est bête, une petite phrase, une seule. Maintenant je sais. Je sais, j'en suis sûr.
Quelques minutes plus tard, je l'embrasse sur le pas de la porte. Je crois qu'elle me dit « à ce soir » mais je ne l'écoute déjà plus.
Je retourne dans le salon et me jette sur le téléphone.
— T'es en place ?
— Ouais, me répond Cherif.
— Elle descend.
— Ça marche. On se rappelle.

Je ne sais pas ce que je préférerais. Enfin si. Je préfère avoir raison, pour rendre quelque chose au gamin. Pas justice. Je ne suis pas en mesure de le faire. Et je ne suis personne pour juger. Juste lui filer un coup de main. Ce serait déjà bien.

L'attente est trop longue. Je rappuie sur la touche « Appel » de mon téléphone.

— Ouais ? Quoi encore ? J'ai dit que je te tenais au courant !

— Où elle est ?

— Troca.

— Elle peut aussi bien rentrer chez elle qu'aller le voir.

— C'est bien pour ça que je t'ai dit que je t'appelais.

— Non, fais-le-moi en direct.

— Putain tu fais chier… Bon d'accord.

Il y a quelques secondes de blanc.

— Alors ?

— Elle se dirige vers chez elle.

— T'es sûr ?

— Si tu m'as donné la bonne adresse, oui.

À ce moment-là, je suis soulagé. De m'être trompé sur son compte.

— Le taxi s'arrête en double file, il a mis les warnings.

— Je me suis planté.

— T'as l'air presque heureux en le disant… À croire que ça arrange ta situation.

Je ne réponds pas. C'est vrai que maintenant je suis seul.

— Bon qu'est-ce qu'on fait à présent ?

— Je ne sais pas, Cherif.

— Tu ne le ramèneras pas à la vie ce gamin. Ce n'est pas ton combat. Cette fille est super, tu ne peux pas la mettre en danger. Pense à elle…

Il marque un temps d'arrêt.

— … Et à toi.

— Je dois trouver…

— Il n'y a rien à trouver. Et rien à comprendre non plus.

— Je pensais avoir vu juste.

— Idir, t'as un flair de merde. Tu l'as vue à mon anniversaire ?

— Tu l'as vue deux heures dans ta vie, tu ne la connais pas.

— Je l'ai vue parler avec Momo pendant une demi-heure. Même moi, il me fait flipper. T'en connais beaucoup des nanas comme ça ?

— Cherif, je te dis que…

— Ta gueule.

— On ne peut pas parler…

— Ta gueule je te dis, elle fait demi-tour.

— Quoi ?

— Le taxi fait demi-tour. Putain, merde !

J'entends un bref grésillement, comme si le téléphone était tombé. Puis plus rien. Je rappelle mais il ne décroche pas. Une fois. Deux fois. Trois…

— Ouais.

— Putain Cherif, alors ?

— Elle est chez lui, elle vient de monter. T'avais raison mon pote !

Oscar a l'air en meilleure forme que la veille. Du moins avant qu'il ne m'aperçoive et croise mon regard. Il me lance un petit sourire triste et me fait signe d'approcher.

— Je suis désolé de te déranger.

— Tu ne me déranges pas du tout.

— J'aurais aimé te dire plus tôt l'endroit où se trouvait le corps mais il fallait que je couvre mes arrières.

Il ne répond pas.

— Tu as cru que je roulais pour Éric, c'est ça ? Tu es persuadé que je n'ai pas appris, avec le temps ? Qu'on peut toujours m'acheter ?

— Non. Je pense que tu es quelqu'un de loyal. Tu es venu me trouver avant lui. Tu n'as pas abandonné l'enquête. J'ai cru qu'il t'avait menacé et que tu avais peur, ce qui est normal quand on sait le genre d'homme qu'il est.

— Je devais justement m'assurer qu'il ne puisse pas m'atteindre.

— Et maintenant tu es sûr ?

Je ne réponds pas à sa question. Personne n'est jamais sûr de quoi que ce soit, mais espère seulement que ce sera suffisant.

— Je crois que je te dois toute l'histoire. Encore une fois, je ne témoignerai pas. Mais je vais tout te raconter. Un peu après toi, Éric est venu me trouver. On lui avait volé une voiture de luxe. Il voulait la retrouver. J'ai retrouvé les voleurs, deux frères, qui faisaient des sales trucs pour payer leur loyer. C'est eux qui ont kidnappé ton frère. Sur ordre d'Éric, qui a dû passer par un intermédiaire pour être sûr qu'on ne remonte pas jusqu'à lui. Ce sont ces deux mêmes frères qui ont sans doute tué Thibaut. Avant d'être mystérieusement abattus aussi. J'en ai trouvé un avec une balle dans la tête, chez lui. Il y avait un GPS à son domicile. J'ai suivi une des adresses répertoriées à l'intérieur.

Elle mène à l'endroit où j'ai trouvé ton frère. Ils l'ont enterré sommairement, en creusant un trou dans un champ.

Il encaisse, mâchoires serrées.

— Je ne sais pas si ça te consolera, mais dis-toi que les deux frères sont morts. Je pense que le deal s'est mal passé. Je ne sais pas s'ils se sont montrés trop gourmands ou quoi. En tout cas, un rendez-vous a mal tourné et ils ont volé la voiture d'Éric – sans doute pour montrer qu'ils ne plaisantaient pas. Je pense qu'Éric a fait appel à un tueur pour régler ça et ça a dérapé. Thibaut n'a vraiment pas eu de chance.

— Ce salaud va payer. Plus rien ne me retient. Je vais pouvoir tout révéler... Mais il ne sera jamais condamné pour la mort de mon frère. Surtout si tu refuses de témoigner.

Il me regarde, comme s'il voulait que je change d'avis.

— Je compatis mais je ne témoignerai pas. Juge-moi si tu veux mais ça ne fait ni partie de mon travail ni de notre accord.

— Je comprends... c'est juste que...

Des larmes s'échappent de ses yeux. J'essaye de lui expliquer.

— Que je témoigne ne changera rien. Quoi qu'il arrive, ces gens-là ne sont jamais condamnés. Fais ton travail et enterre ton frère. Ce sera déjà bien.

En sortant de chez Oscar, je file sur les Champs où j'appelle Éric.

— Ah, enfin. J'ai cru que tu ne te déciderais jamais.

Je prends une voix paniquée.

— Je vais tout vous dire, mais à une condition : ne faites plus de mal à Nat'.

— Tu sais, ça ne m'a pas fait plaisir... Je t'écoute.

Je lui donne l'adresse. Je pense que ses hommes vont tout de suite aller sur place chercher le corps.

Je me dis que j'ai un peu plus d'une heure devant moi. Je décide de marcher – c'est la seule chose qui ne soit pas encore payante à Paris. Autant en profiter.

La secrétaire commence à en avoir marre de ma gueule. Cette fois, au moins, je ne m'arrête même pas pour elle et pousse directement la porte, déclenchant ses hurlements.

— Monsieur, vous n'avez pas le droit ! J'appelle la sécurité !

J'entre dans le bureau, Éric est près de la fenêtre, son téléphone à l'oreille. Il me voit entrer, suivi de la secrétaire affolée et comprend que quelque chose ne va pas. Un instant fugace, de doute, qui passe sur son visage. Puis il reprend le contrôle.

— C'est bon, Brigitte...

— Mais monsieur, tente de se justifier la secrétaire.

— Laissez-nous maintenant, fermez la porte derrière vous.

Elle obéit et me lance un regard noir en sortant de la pièce.

— Je croyais que nos comptes étaient clos.

Je le regarde en souriant.

— Vos hommes ne répondent pas, hein ?

— Pardon ?

— Le gorille qui m'a amené ici la dernière fois. Je suis sûr qu'il ne répond pas au téléphone. Vous voulez savoir pourquoi ? Parce que la police l'a arrêté. J'ai dit à Oscar où était le corps de son frère. Je lui ai aussi dit que je ne témoignerai pas dans l'affaire. Mais ça ne m'interdisait pas de lui donner un petit coup de pouce. La police attend, cachée là-bas, que quelqu'un se pointe. Je vous donne l'adresse. Vous envoyez votre homme. Il a le droit à un superbe comité d'accueil. Maintenant on va voir si c'est un bon soldat. Si les flics lui mettent une perpet' dans la balance, est-ce qu'il va vous rester si fidèle ?

Il secoue la tête, comme s'il ne comprenait pas ce que je venais de lui expliquer. Puis il se reprend.

— Tu vas regretter ce que tu as fait. Tu étais prévenu.

— Ah oui ? Encore les menaces sur Nat'. Je vais vous dire une chose. Je sais qu'elle est votre complice. J'ai compris que l'agression était bidon. Je l'ai suivie après qu'elle est sortie de chez moi, elle est venue directement chez vous, sans doute pour vous dire que le plan marchait, que j'étais mort de trouille pour elle. Le problème, le seul problème, c'est que vous m'avez pris pour un con.

— Pourquoi tu as fait tout ça ? Pour ce gamin ? Tu ne le connaissais même pas.

— Parce qu'on m'a payé pour le retrouver.

— Tu voulais jouer au justicier, hein ?

Il se met à rire. Un petit rire nerveux, qui se transforme en quinte de toux.

— Qu'est-ce qu'il y a ?

— Je me suis bien fait avoir sur ce coup-là. Remarquable, ajoute-t-il, les yeux dans le vague, comme pour lui-même.

Puis il se redresse et me regarde.

— Tu n'as toujours pas compris. T'es focalisé sur moi. Tu n'es pas habitué à ce genre de combat.

— Vous avez joué et perdu. C'est tout.

— Oui, j'ai perdu. Mais toi aussi. Oscar t'a baisé, comme il m'a baisé. Pense à une seule chose, Idir, à qui profite le crime ? Je n'avais rien à gagner dans la mort de ce gamin. Ce qui comptait pour moi, c'était qu'il vive. Alors demande-toi pourquoi les deux frères l'ont gardé avec eux et l'ont tué ?

Trop tard. C'est fini, je ne veux plus rien entendre.

À peine sorti de l'immeuble, mon téléphone sonne. C'est Cherif.

— Tu regardes les infos ?

— Non.

— Ça y est. Ils ont trouvé le corps. Ils disent aussi qu'ils ont arrêté un suspect. Haha. Je me demande s'il portait une cagoule cet enculé en arrivant sur les lieux.

Cherif est de bonne humeur.

— On prend un verre pour fêter ça ?

Je n'en ai pas envie mais je ne me vois pas rentrer chez moi et faire comme si de rien n'était.

— D'accord mais on se bourre la gueule.

Il est 16 heures quand je vomis pour la première fois, sur un banc du square Léon. De la gerbe tombe sur mes pompes. Je ne sais pas combien de canettes de bière j'ai descendues sur ce banc, avant. Cherif se marre. Jusqu'à ce que je tombe. Je sens des mains sur moi. Les mains des zonards du square, aux jointures violacées, à la peau des mains rongée par les piqûres qui ont fait tripler le volume de leurs doigts, me saisir et me remettre debout.

— Tu peux marcher ?

La voix de Cherif m'apparaît lointaine. Je lui réponds que oui. Il me lâche. Je tombe à nouveau.

— Ouais, d'accord.

Tous me ramassent à nouveau.

— Je vais chercher la voiture. Je te demande une chose, c'est de ne pas vomir dedans.

J'ai la décence d'ouvrir la portière à un feu rouge pour gerber sur le pavé.

— Putain Idir, tu déconnes !

Il oscille entre reproches et éclats de rire.

— Putain, t'en tiens une sévère.

— Ta gueule, je lui lâche, ça ne va pas bien du tout.

— Je t'ai jamais vu aussi pâle. Un bon petit Français. Tu devrais aller voir ton banquier, je pense que c'est le seul jour de ta vie où il peut t'accorder un prêt.

Il rit à sa blague de merde. Je ferme les yeux en essayant de chasser la nausée.

Dans l'escalier. Le bras autour des épaules de Cherif.

— Attends, on est presque arrivés… Tes clés ? Elles sont où ?

— Dans ma poche.

La vieille voisine qui détourne le regard en nous croisant.

— Il est malade, madame, tout va bien.

Le temps qu'il essaye de passer sa main dans ma poche et je m'effondre. Il me laisse au sol et ouvre la porte.

Il me tend une main.

— Allez, viens, t'as plus qu'un petit effort à faire.

— Laisse-moi ici, je rentrerai quand j'irai mieux.

— Idir, tu ne vas pas rester sur ton palier…

— Si, je dois… Je dois réfléchir.

— T'es bourré.

— Laisse-moi !

— OK. Appelle quand ça ira mieux.

Il n'insiste pas, me rend mes clés et me laisse prostré, devant la porte grande ouverte de mon appartement.

Je laisse mon doigt engourdi reposé sur la sonnette. J'ai réussi à me traîner jusqu'ici après avoir dormi une heure sur mon palier. Si elle est à l'intérieur, soit elle ouvrira, soit elle finira par appeler les flics. J'entends des pas derrière. Puis plus rien. Petit temps de latence et d'observation derrière le judas.

— C'est moi, ouvre putain.

Pas de bruit. Je sais qu'elle est derrière cette putain de porte, à se demander quoi faire.

— Tu ne te sentiras peut-être pas mieux une fois qu'on aura parlé, mais moi, si. Je pense que tu me dois bien ça.

J'entends la clé tourner dans le verrou. Et puis elle. Impeccablement maquillée, des lèvres vermillon, dans un large pull qui descend sur ses cuisses, gainées dans des collants noirs.

— Qu'est-ce que tu fais là ? Si Thomas sait…

Je cale un pied dans l'embrasure.

— Arrête de me prendre pour un con. Il est à New York, je sais très bien qu'il n'est pas là.

Elle essaye de refermer mais trop tard, je suis déjà à l'intérieur.

— T'es malade.

Je la regarde.

— Et en plus tu as bu, ajoute-t-elle avec une moue dégoûtée.

Je lui envoie mon plus méchant sourire, en plus de mon haleine acide.

— Qu'est-ce que tu veux ?

— Savoir.

— Tu sais déjà tout.

— Non, je ne crois pas. Je veux savoir ce à quoi tu as eu droit en échange, savoir si dès le début tu as fait ça ou s'il t'a manipulée…

— Il a découvert pour nous. Il avait des photos. Il m'a menacée d'aller les montrer à Thomas.

— Et alors ?

— J'ai plus de 30 ans Idir, je ne suis plus une gamine. Je dois penser à…

— Tu dois penser à ta vie de château, hein ? C'est ça ?

— Non, ce n'est pas ça, c'est juste que j'ai appris des choses récemment…

— Tu as appris que tu aimais le fric. Que cette vie de merde te convenait. Que tu étais prête à me trahir pour cet appart', ces toiles aux murs et toutes ces conneries. Tu ne te rends pas compte. J'avais peur qu'Éric te fasse du mal. Et toi tu venais pleurer…

— Tu ne te rends pas compte, ce que ça coûte…

Je prends sa main bandée et la serre.

— Voilà ce que ça coûte.

— Arrête, tu me fais mal.

— Voilà ce que ça coûte. Deux doigts cassés pour me faire croire qu'on t'avait agressée. Tu ne vaux pas mieux qu'eux, pas mieux que le père et le fils.

Elle pleure maintenant. Elle me dit d'une voix douce.

— Tu as raison Idir, tu as raison. Tu as toujours raison.

Elle tourne les talons et s'enfonce dans le couloir, me laissant planté dans l'entrée de son grand appartement.

7

Une semaine passe. Seul chez moi. Les volets tirés dès midi. Un rapide tour dans le quartier pour cause d'insomnie vers les 5 heures du mat', et je retourne dormir. Je pionce les trois quarts du temps pour arrêter de penser. Je suis constamment fatigué, comme si je petit-déjeunais au majoun. J'émerge quand la nuit tombe. Me fais des plateaux-télé chips, Bavaria. La vie de rêve. Je repense sans cesse aux derniers mots d'Éric. Les frères Louasse qui décident finalement de le doubler, de prendre l'argent du kidnapping sans rendre le gamin. Il est possible qu'ils aient finalement décidé de se débarrasser de lui, une fois devenu trop encombrant. Compte tenu de la personnalité des deux cinglés, ça ne paraît pas impossible. Mais s'ils avaient décidé de jouer sur les deux tableaux ? S'ils avaient contacté Oscar, pour lui demander une rançon ? Plus aucune raison de se débarrasser de Thibaut... sauf si Oscar avait payé mes ravisseurs non pas pour récupérer son frère mais pour s'en débarrasser. Tout ça ne me quitte pas, j'y pense sans cesse, au fait que je ne saurai jamais ce qui s'est réellement passé, sans parvenir à évaluer ma part de responsabilité dans toute cette histoire. Après tout, les morts doivent s'en foutre d'être vengés. Le huitième jour, à la tombée de la nuit, je vais voir ma grand-mère. Je connais des gens plus sages mais ils n'ont pas autant vécu, ou alors pas la même vie. Il n'est toujours pas exclu qu'elle m'enterre, qu'elle se débrouille pour survivre à l'extinction de l'espèce humaine et même à la destruction du monde entier. Alors, depuis quelques années déjà, j'ai décidé de toujours écouter ce qu'elle a à dire.

— Je me baladais dans le quartier, je me suis dit que j'allais passer te dire bonjour...

À son œil malicieux, je comprends qu'elle a compris que je lui mentais. Comme si elle savait que rien n'était jamais sincère quand ça venait de moi.

— Entre, entre, je prépare le repas pour Aziz.

— Ah...

— Ne t'inquiète pas, il ne vient pas tout de suite.

Je la suis jusqu'à la cuisine, m'assieds et la regarde découper ses légumes.

— Tu n'as pas l'air bien en ce moment...

— Je me pose des questions.

— Ah... toi qui sais tout sur tout, tu te poses des questions. On aura tout vu !

— Grand-père...

Elle me regarde bizarrement, comme si faire référence à son défunt mari la rendait nerveuse d'office.

— Tu penses que c'était un homme bon ?

— Je ne suis pas Dieu pour juger…
— Et Papa ?
— Je ne peux pas le juger non plus, c'est mon fils.
Je souris.
— Tu m'en voudrais si je retournais en prison ?
Elle s'arrête un instant, me jette son sale regard de sorcière du bled.
— Oui. Pourquoi tu poses ces questions ? Tu as fait une bêtise ?
— Non.
— Tu vas en faire une ?
Elle me dévisage encore une fois, me faisant comprendre qu'il n'y aura pas de troisième, que maintenant il faut lui dire la vérité.
— Non, non, ne t'inquiète pas. C'était une question idiote. Oublie…
— Tu sais Idir, tu crois que le monde entier est contre toi, que tu ne peux pas avoir une vie normale, tu attends je ne sais pas quoi… Vous les jeunes, vous nous méprisez, comme si vous valiez mieux que nous. Comme si vous aviez inventé le monde. Il y a plusieurs façons de vivre sa vie. De prendre du plaisir. Mais il y en a une seule pour être heureux. Et si tu ne la veux pas, ne t'en prends ni aux hommes ni à Dieu.
Je l'embrasse.
— Tu es la seule femme qui me supporte. Je ne sais pas comment tu fais.
Elle m'étreint, longuement.
— Ce n'est pas si pénible que ça…

Les journaux sont remplis du nom d'Éric, on ne parle que d'oxyde de béryllium, de logements sociaux, de scandale sanitaire politico-financier. Je repense à ses derniers mots. Je redéroule la bobine dans ma tête et je pense qu'il a raison, en tout cas sur un point. Je suis le dernier des cons.

Ça sent la fin. Les médocs et la bouffe dégueulasse. Le fauteuil que je pousse devant moi glisse parfaitement sur le lino. Je frappe avant d'entrer. Il lit le journal, ses lunettes au bout du nez.

— Monsieur Crumley ?

Sa voix est encore pleine de vigueur.

— Où est Martin ?

— Il est malade, je le remplace aujourd'hui.

J'ai préparé mon texte. Je compte lui expliquer que je suis nouveau, que c'est ma première semaine ici. Mais il ne pose pas d'autre question. Alors je m'approche et le ceinture. Il se laisse faire. Je m'y prends à deux fois pour parvenir à l'installer sur le fauteuil – l'homme est encore lourd.

Il reste silencieux jusqu'au jardin, alors que je cherche un coin tranquille, à l'écart, pour pouvoir lui poser mes questions tranquillement.

— Qu'est-ce que vous voulez ?

La question me surprend.

— Je sais très bien que vous ne travaillez pas ici, ajoute-t-il, pour me dissuader de mentir à nouveau.

J'arrête le fauteuil près d'un banc, où je m'assieds.

— Votre fils, Oscar, m'a engagé pour trouver Thibaut.

Il cligne des yeux, mécaniquement, même si ceux-ci restent secs.

— Alors c'est vous qui l'avez découvert…

Son regard, plein de mépris, sur moi. Comme si j'étais responsable de ce qui était arrivé à son fils.

— Vous devriez partir maintenant. Vous n'avez rien à faire ici.

Il fait pivoter son fauteuil. Je bloque sa main sur la roue, la serre aussi fort que je peux, pour ne pas lui laisser le choix.

« Je ne veux pas croire qu'il y ait un lien entre la mort de mon frère et les révélations. » Oscar joue à la victime digne sur toutes les ondes. Il a refusé toute escorte policière. Il sait qu'il n'a plus rien à craindre. Il passe pour un héros, le succès est total. Ça fait maintenant plusieurs semaines que je suis ses déplacements. Je sais que le jeudi soir, il part tôt du bureau, plutôt en fin d'aprèm', pour rejoindre une petite étudiante de Sciences Po, aux gros seins qui semblent naturels d'autant que je puisse en juger avec une paire de jumelles. Chose rare depuis que j'observe les hommes tromper leurs femmes et inversement, il ne la baise pas à l'hôtel. Il la baise au dernier étage d'un immeuble de la rue des Saints-Pères, comme s'il se sentait redevenir étudiant quand il la saute sur le petit canapé-lit de sa chambre de bonne.

Il y a un appartement à vendre au deuxième étage. Il est vide. J'ai eu le temps de faire faire un double de clé grâce à une fine tige de métal enrobée de pâte à modeler. J'ai aussi pris le flingue avec moi, celui que le frère Louasse m'avait braqué sur la gueule, le .45 à la peinture écaillée.

Je m'engouffre derrière lui dans l'immeuble, il me jette un bref coup d'œil en me tenant la porte. Je le remercie. La visière de la casquette rabattue sur mes yeux l'empêche de me reconnaître, à moins que ça ne soit son imagination, déjà fixée sur la poitrine de l'étudiante.

Il n'y a pas d'ascenseur, ce qui facilite l'affaire. Je le laisse ouvrir la marche. Il monte les escaliers en sifflotant. Un étage. « Le meilleur moment dans l'amour c'est quand on monte l'escalier. » C'est de qui déjà ? Je ne sais plus. Deuxième étage. Il s'apprête à entamer la montée décisive mais sur le palier je le charge, épaule la première, et le frappe entre les omoplates. Sa tête vient s'écraser contre le mur. Il tombe au sol, complètement sonné. Je profite de ces quelques secondes pour ouvrir la porte de l'appartement vide. Je le tire par la manche alors qu'il grogne. Je ferme la porte. Enfin seuls. L'appartement est spacieux et baigne dans une grande lumière blanche. J'enlève ma casquette et la lui jette dessus. Il commence à écarquiller les yeux.

— Idir ? Putain, Idir, c'est toi... Mais, mais qu'est-ce qui te prend ?

— Tu t'es foutu de ma gueule.

— Qu'est-ce que tu racontes ? T'as pété les plombs !

Il porte la main à son front.

— Putain je saigne !

Je dégaine l'arme.

— Arrête, arrête, fais pas le con...

— Ta gueule !

Je lui envoie la pointe de ma chaussure dans le foie. Il émet un sifflement, comme s'il venait de cracher quelque chose.

— Le seul qui avait intérêt à ce que la situation dégénère, c'était toi. Éric est une ordure mais

Thibaut n'avait de valeur pour lui que vivant. J'ai été voir ton père à l'hôpital. Il léguait la moitié de ses parts à ton frère.

J'éponge la sueur sur mon front, me rends compte qu'il ne me regarde pas moi, mais le canon.

— Thibaut a dit à ses ravisseurs qu'il venait d'une famille riche et qu'ils payeraient pour sa libération. Alors les frères Louasse ont voulu jouer sur les deux tableaux. Ils t'ont appelé et t'ont demandé de payer pour ton frère. Toi, tu les as payés. Pour le tuer. Comme ça, tu n'as plus à partager l'argent de Papa.

Il ne répond pas. Je fais glisser la culasse. Il entend le bruit, et doit imaginer la balle qui vient de monter dans le canon.

— Arrête ! Enlève ça putain ! S'il te plaît…

Je baisse l'arme.

— Je n'ai rien fait. Je leur ai juste dit que je ne payerai rien. Qu'ils iraient en prison…

J'ai oublié un instant qu'il était lâche, qu'il n'aurait jamais pu supporter d'avoir pris une telle décision, qu'il ne voulait même pas salir ses gants.

— Tu savais qu'ils le tueraient ? Tu voulais les pousser à le faire et te couvrir, toi.

— J'ai tenté le coup, pour voir. Ça pouvait marcher, j'étais sûr de rien. Moi j'ai rien fait de mal. Le hasard, si.

— Tu m'as baisé…

— Non. Je t'ai payé pour un travail. Le reste, c'est toi qui l'as fait. C'est toi qui as joué au chevalier. Je n'y suis pour rien. Rien du tout.

J'approche l'arme de son front, il ne veut pas regarder et crache un petit « non », qui ressemble à un souffle fébrile. Quelques secondes de mort, avant que je ne range le pistolet dans ma ceinture et que je ne ramasse ma casquette.

— Ça a été un plaisir de travailler avec toi, me lance-t-il lorsque je passe la porte.

Je ne me retourne pas.

Dans le métro, mon téléphone sonne. C'est Thomas. J'hésite à décrocher puis estime que je n'ai pas à avoir peur. Il a le droit de savoir. S'il demande, je lui répondrai franchement, que son père est un assassin et que j'ai baisé sa femme.

— Allô ?

— Ouais Idir, ça va ?

Il a l'air en forme.

— Ouais et toi ?

— Ouais. J'ai une grande nouvelle à t'annoncer.

— Quoi ?

— Je vais être papa !

Le bar est bruyant, tous picolent sans discontinuer, je repère Cherif, hilare, au fond du rade. Il me fait un signe et on sort par l'entrée de service. Près des poubelles, il allume une clope.

— Comment ça s'est passé ?

— Je lui ai juste fait peur.

Il souffle avec soulagement la fumée de sa cigarette.

— T'avais peur que je le tue ?

Il me regarde, l'air de rien.

— Je ne sais pas. Peut-être bien. T'avais l'air de lui en vouloir.

— Je voulais juste en finir. Je ne savais pas ce que je ferais. Enfin si, je savais que je ne pourrais pas le tuer. Je ne suis pas capable d'un truc pareil.

Il me met une tape sur l'épaule.

— Oublie tous ces pourris, cette pute et…

— Elle est enceinte.

— Quoi ?

— Elle est enceinte.

— Comment tu le sais ?

— Son mari m'a appelé pour me l'annoncer, il était aux anges.

— C'est…

— Non, ce n'est pas moi. Ça fait plus de trois mois il m'a dit.

— Et elle le savait ?

— Non. Elle vient de l'apprendre. C'est comme ça qu'on a pu lui mettre la pression. Elle a eu peur pour son enfant… et pour moi. Éric a dit qu'il la tuerait si elle n'obéissait pas.

— Putain mon pote, quel merdier. Allez viens, on va boire un coup.

Je reste muet quelques instants au bar, à regarder ma bière et à penser au passé.

Je viens de sortir. J'ai récupéré mes affaires. Devant la prison, personne. Mon père n'est pas venu me chercher. Il avait dit qu'il ne mettrait pas un pied là-bas. Il n'a pas fait un seul parloir. On peut lui reprocher beaucoup de choses mais il tient toujours parole. Je ne veux pas prendre le bus. Je prendrai un taxi, même si ça me coûte cher. Le chauffeur fume sa clope, appuyé à sa portière. Il me voit approcher. Sans un mot il jette sa cigarette et monte dans le véhicule. Je m'installe à l'arrière.

— C'est pour aller où monsieur ?

Je sursaute. J'ai oublié comment on s'adresse aux vivants.

— À Paris.

Je regarde la rue par la vitre encrassée. J'attends que la voiture démarre et que le paysage défile mais rien ne vient.

Je me redresse et regarde le conducteur qui tourne la tête dans ma direction.

— Où ça exactement ? Paris, c'est grand monsieur.

Je comprends que je suis paumé.

Sortie de bar. Deux heures du matin. Je ne trouverai pas de taxi. Je vais rentrer à pied. Je m'éloigne du bar quand j'entends une voix résonner dans mon dos.

— Idir, qu'est-ce que tu fous ?

C'est Cherif, il court vers moi pour me rejoindre.

— Je rentre chez moi…

— Sans dire au revoir ?

— Je suis crevé, faut vraiment que j'y aille.

— Viens prendre un dernier verre.

— Non.

— Un dernier verre et je te ramène en caisse, OK ? Allez putain, me force pas à te supplier.

Il passe un bras autour de mes épaules et me ramène dans le bar.

— Juste un whisky, vite fait.

— D'accord.

Il me tape dans le dos.

— T'inquiète pas, ça va aller mon vieux. C'est mieux comme ça.

Après tout, ça ne me coûte rien de faire comme s'il avait raison.

À cet instant, j'espère seulement que je ne sentirai jamais la terre humide sur ma peau nue. Et qu'au petit matin, après m'être réveillé seul dans mon lit, j'irai à la fenêtre et verrai le soleil cogner de toutes ses forces sur le boulevard.

10864

Composition
FACOMPO

Achevé d'imprimer en Slovaquie
par NOVOPRINT SLK
le 26 septembre 2014

Dépôt légal septembre 2014
EAN 9782290054024
L21EPNN000249N001

ÉDITIONS J'AI LU
87, quai Panhard-et-Levassor, 75013 Paris

Diffusion France et étranger : Flammarion